KB075268

6년간 매일 독자와 함께 해 온 사유와 성찰의 인산편지

지금, 당신이 행복해야 할 이유

김인수 지음

◆

저자의 말 Writer's Comments

저는 직업군인입니다. 올해로 35년째 군복을 입고 살아오고 있습니다. 고등학교를 졸업하고 사관학교에 갔으니 평생을 군복을 입고 살아온 셈입니다. 신록보다 푸르른 그 옷을 입고 조국의 산하를 누비고 지켜온 삶입니다.

저는 작가입니다. 어릴 적부터 책을 읽으며 문학의 꿈을 키웠습니다. 학창시절, 군 생활 내내 책과 문학은 저와 함께 했습니다. 그 속에서 수없이 많은 사람들을 만났습니다. 그들과 시간, 자연, 세상을 넘나들며 사랑했습니다.

문단에 등단한 이후에 많은 분들이 제게 물어오십니다. 군인하고 시인, 작가는 잘 어울리지 않는데 어떻게 작가가 되었냐고 합니다. 흔하지 않으니 궁금하기도, 신기하기도 한 모양입니다. 그럴 때마다 저는 늘 이렇게 말씀드립니다.

군인이야말로 문학을 해야 한다고 말입니다. 군인은 세상에 존재하는 다른 직업과 다른 게 딱 하나 있습니다. 다른 직업은 할 수 없는 일입니다. 그것은 비록 전쟁 등과 같은 특별한 경우에 한정되지만 사람을 죽일 수 있다는 것입니다.

사람으로 태어나 사람을 죽일 수 있다는 이 엄청난 모순을 안고 사는 것이 군인의 숙명입니다. 심지어는 전투 시에 많은 적을 죽인 군인은 영웅이 됩니다. 이 모순, 이 아이러니를 어떻게 설명할까요? 군인이야말로 인간에 대한 깊은 사랑이 뒷받침되지 않으면 안 되는 것입니다.

또 하나 자주 받는 질문이 있습니다. 군 생활이 그리 녹록하지 않고 많이 바쁠 텐데 어떻게 매일 글을 쓸 수 있느냐고 합니다. 이 대답은 아주 간단합니다. 군인은 매일 훈련을 합니다. 그러면 작가는 무얼 해야 할까요?

이 글은 인산편지입니다. 문단에 등단한 이후 6년째 매일 써 오고 있는 글입니다. 주말은 쉬고, 훈련 등 특별한 경우에는 잠시 멈추지만 지금까지 쉼 없이 글을 통해 세상과 소통해 오고 있습니다. 지금은 독자님들도 많이 늘었습니다.

인산편지는 자연, 세상, 사람을 꿈꾸며 나아가는 글입니다. 아름다운 세상, 따뜻한 세상을 만들고 싶은 마음을 담았습니다. 날마다 한 편씩 던지는 삶의 물음을 통해 사유하고 성찰하는 길로 안내하는 길잡이이기도 합니다.

그 물음은 누구보다도 먼저 제 자신을 향합니다. 제 자신을 향한 고백이며, 다짐이며, 제 자신에 대한 성찰입니다. 그리고 나서 돌아봅니다. 살핍니다. 위대한 자연과 아름다운 세상과 천하보다 귀한 사람을 보듬으며 나아갑니다. 특별히 이 책에는 정병육성의 요람인 연무대, 대한민국 육군훈련소에서 우리 훈련병 아들들과 함께했던 지난 시간들이 오롯이 녹아있습니다. 그 귀한 아들들의 나라를 위한 헌신에 감동하며 마음을 나누었습니다.

부디 바라기는, 비록 부족하지만 인산편지가 나비효과를 일으켰으면 합니다. 저와 독자님들이 일으키는 날갯짓의 작은 바람이 더 크고 강한 바람이 되어 세상으로 널리 널리 퍼져 나갔으면 좋겠습니다.

지금 이 책을 읽고 있는 당신은 이 세상에서 가장 귀한 존재입니다. 그런 만큼 누구보다도 행복해야 합니다. '지금, 당신이 행복해야 할 이유'는 당신을 행복에 이르는 길로 안내할 것입니다. 날마다 소중한 삶의 물음들을 통해 사유와 성찰의 세계로 당신 자신을 던지시길 빕니다.

이 책이 나오기까지 많은 분들의 귀한 마음이 함께 했습니다. 일일이 다 말씀드리지 못할 정도로 많습니다. 특별히 지금까지 군 생활을 잘 해올 수 있도록 도와주고 성원해 준 아내와 딸, 아들, 양가 부모님, 가족들의 사랑에 깊이 감사합니다.

저를 문학의 길로 이끌어 주신 이재인 교수님, 선배와 동료 작가님들, 군 생활을 함께 해 온 동료와 전우들, 인산편지 독자님과 세미책 회원님들, 이 책이 나오기까지 정성으로 준비해 주신 문학바탕의 곽혜란 대표님과 김명희 실장님께 또한 감사합니다.

그리고 무엇보다도, 지금 이 시각에도 조국 대한민국을 지키기 위해 불철주야 헌신하는 국군장병들께 경의를 담아 감사합니다. 오늘날 우리가 자유와 평화를 누리며 살아갈 수 있도록 피땀 흘려 나라를 지키신 순국선열과 호국영령께 깊은 존경을 담아 감사의 마음을 표합니다.

지금 이 순간! 당신이 행복해야 합니다. 그래야 우리가 살아가는 이 세상이 행복할 수 있습니다. 당신의 행복을 축복하며 소망합니다. 감사합니다.

2019년 4월의 봄날
저자 김인수 드림

차례 Contents

저자의 말 003

| 1부 |

당신은 어떤 일을 할 때 가슴이 뛰닝니까?

012 ◆ 어떤 언어로 당신의 세상을 채우시겠습니까?
015 ◆ 당신은 어떤 일을 할 때 가슴이 뛰닝니까?
019 ◆ 당신은 어떤 대가를 바라십니까?
024 ◆ 오늘, 당신은 그 누구에게 애썼다는 말 한마디 건네시겠습니까?
028 ◆ 당신도 저의 삼십 년을 응원해 주십시오
033 ◆ 당신은 날마다 감동하십니까?
038 ◆ 이 세상에서, 당신은 어떤 꽃처럼 살고 싶습니까?
042 ◆ 당신은 님들의 무덤 앞에 서 보셨습니까?
048 ◆ 당신의 급소는 무엇입니까?
051 ◆ 당신은 당신을 둘러싼 모든 것에 경탄하십니까?
055 ◆ 당신의 퀘렌시아는 어디입니까?
059 ◆ 당신은 지금 기본에 충실하고 계십니까?
063 ◆ 당신은 지금, 가고 싶은 길을 걸어가고 있습니까?
070 ◆ 당신은 누구에게 어떤 나무이고 싶습니까?

| 2부 |

지금, 당신의 인생은 환합니까?

076 ◆ 당신의 영원한 사랑은 무엇입니까?
081 ◆ 지금, 당신의 일은 무엇입니까?
085 ◆ 지금, 당신의 인생은 환합니까?
089 ◆ 당신은 날마다 무엇과 작별하십니까?
093 ◆ 당신은 느끼십니까? 바람으로 전해지는 수많은 숨결을…
098 ◆ 당신의 삶에는 무슨 맛이 배어 있습니까?
102 ◆ 당신은 당신의 가치를 알고 계십니까?
105 ◆ 당신은 천재였던 적이 있습니까?
110 ◆ 당신은 바람의 말을 듣고 계십니까?
113 ◆ 당신은 늘 공손하십니까?
118 ◆ 당신이 서야 할 빈 들판은 어디입니까?
122 ◆ 당신은 이 세상 그 누구에게 희망의 증거가 되고 싶습니까?
126 ◆ 혹시 당신의 마음이 휑하지는 않습니까?

◆

차례 Contents

| 3부 |

지금 누가, 무엇이 당신을 위로합니까?

132 ◆ 당신의 지혜도 시간과 더불어 옴을 알고 계십니까?
136 ◆ 이 세상, 당신도 변함없는 모습으로 서 계실 수 있습니까?
142 ◆ 당신은 당신 자신을 믿으십니까?
145 ◆ 헤진 마음 한 자락 곱게 다려 누구에게 선물로 주시겠습니까?
150 ◆ 당신에게 있어 그 '단 하루'는 어떤 날입니까?
154 ◆ 겨울비가 당신께 전하는 말은 무엇입니까?
157 ◆ 당신은 혹시 지구의 말을 들어보셨습니까?
160 ◆ 당신은 지금, 사랑에 어떤 답을 하고 있습니까?
165 ◆ 당신은 지금, 무엇을 밀고 가고 있습니까?
169 ◆ 당신은 지금, 당신의 길을 잘 걸어가고 계십니까?
173 ◆ 지금 누가, 무엇이 당신을 위로합니까?
177 ◆ 당신의 삶에는 어떤 재료들이 들어있습니까?
181 ◆ 지금은 행복한 시간임을 당신도 느끼십니까?

| 4부 |

지금, 당신의 마음도 소리를 냅니까?

188 ◆ 이 가을, 당신의 영혼을 적시는 멜로디는 무엇입니까?
194 ◆ 오늘, 당신은 누구에게 당신의 온기를 나누어 주시렵니까?
198 ◆ 지금, 당신도 기도하고 있습니까?
203 ◆ 지금, 당신의 마음도 소리를 냅니까?
208 ◆ 지금, 당신에겐 무엇이 아름답습니까?
212 ◆ 지금, 당신의 삶에서 가장 깊고 어두운 곳은 어디입니까?
218 ◆ 지금, 당신은 당신의 두 개의 등불을 켜고 있습니까?
222 ◆ 지금, 당신이 걱정하는 사람은 누구입니까?
228 ◆ 당신도 누군가에게 비누와 같은 사람이고 싶지 않습니까?
232 ◆ 모든 세미책 회원님들께 깊이 감사드립니다
236 ◆ 오늘은 육군훈련소 창설 제67주년 기념일입니다

1부

당신은 어떤 일을 할 때 가슴이 뛰닙니까?

◆

어떤 언어로 당신의 세상을 채우시겠습니까?

인산편지 독자님들, 그동안 평안하셨습니까?

그리 길지 않은 시간이었지만 인산편지를 배달하지 않았던 시간들은 저에게도 아주 많이 길게 느껴졌습니다. 그동안의 삶을 되돌아보면서 군인으로서, 작가로서 저는 마음을 다시 가다듬는 시간을 가졌습니다. 그 기간 중에 근무지를 옮겼습니다.

2년 넘게 열정을 다 바쳤던 용인 땅을 떠나 충남 논산으로 왔습니다. 지난주 금요일에 신고를 했습니다. 제가 새로 맡은 직책은 육군훈련소 참모장입니다. 논산에서 김유신연대장을 마치고 떠난 지 4년 만에 다시 돌아온 것입니다.

이곳 육군훈련소는 제게는 고향과도 같은 곳입니다. 지금으로부터 25년 전인 93년 1월 15일, 저는 처음으로 논산 땅에 발을 내디뎠습니다. 육군훈련소 중대장으로서 동생 같은 훈련병들과 동고동락하면서 저의 젊은 날의 모든 열정을 아낌없이 바쳤습니다. 정말 행복했던 시절이었습니다.

군 생활을 하면서도 그 시절의 열정과 감동이 잊혀지지 않았고 늘 가슴에 남아있었기에 2012년에는 연대장이 되어 논산 땅에 다시 발을 디뎠습니다. 중대장 때는 동생 같던 훈련병들이 연대장 때는 아들 같은 훈련병으로 다가왔습니다. 더 애틋했고, 더 사랑스러웠습니다. 그래서 훈련병 아들들뿐만 아니라 부모님들의 마음까지도 헤아리면서 또 다시 열정을 다 바쳤습니다.

하루 종일 아들들과 훈련장에서 시간을 보냈고, 매주 장문의 편지를 통해 부모님들과 만났습니다. 지금 제가 작가로서의 삶을 살아갈 수 있는 것도 그 시절에 수없이 많은 시간들 속에서 진실한 마음을 담아 사유하고 성찰하며 글을 썼던 것이 토대가 되었다고 생각합니다.

그렇게 논산은 두 번의 지휘관 생활을 거치면서 제게는 고향과 같은 곳이 되었습니다. 그리고 이제 세 번째, 다시 돌아왔습니다. 부족한 저를 이곳에 세워주신 하나님께 깊은 감사를 드립니다. 고백하기는 이 모든 것이 하나님의 은혜요, 사랑임을 저는 믿습니다.

저는 다짐합니다. 대한민국 육군에서 가장 중요한 부대, 대군신뢰의 최전선, 정병육성의 요람 이곳 육군훈련소에서 이 나라의 자랑스러운 젊은이들, 멋진 아들들이 훌륭한 군인으로 거듭날 수 있도록 제게 주어진 사명을 잘 감당해 나가겠습니다.

무엇보다도 우리 아들들이 꿈과 희망과 사랑을 가슴에 품고 야전으로 나갈 수 있도록 하겠습니다. 그 귀한 사명을 잘 감당하기를 늘 기도하면서 하나님과 나라를 위해 충성하며 나아가겠습니다.

사랑하는 인산편지 가족 여러분!

잠시의 쉼을 가지면서 인산편지에 대해 많은 생각을 했습니다. 어떤 마음으로 인산편지를 채워갈 것인지 고민했습니다. 올해도 변함없이 더 깊은 사유와 더 절절한 성찰의 화두로 더 좋은 언어로 인산편지를 배달해드리겠습니다. 인산편지가 배달되는 가슴마다 사랑과 용서와 감사의 언어로 가득 채워질 수 있도록 노력하겠습니다.

신동엽 시인의 시 「좋은 언어」에서 "조용히/될수록 당신의 자리를/아래로 낮추세요"라고 한 것처럼 낮추고 더 낮추면서, 날마다 더 낮은 자리를 향하겠습니다. 이 세상을 향한 마음을 늘 변함없이 뜨겁게 유지하면서 세상에 속한 몸은 더욱 더 낮추고 낮아지겠습니다. 진실하고 겸손하게 섬기겠습니다.

이런 마음을 담아 인산이 당신께 묻습니다.
"올 한 해, 어떤 언어로 당신의 세상을 채우시겠습니까?"

올해도 당신께 펼쳐질 아름다운 날들, 행복한 시간들을 꿈꾸면서 그 시간들 속에 당신만의 좋은 언어, 당신만의 아름다운 언어, 당신만의 사랑의 언어로 채워 가시길 축복하며 소망합니다. 저와 당신이 그런 꿈을 꾸며 나아갈 때 올해도 우리가 사는 이 세상은 정말 좋은 언어로만 가득한 세상이 될 거라 저는 확신합니다.

-20180108

당신은 어떤 일을 할 때 가슴이 뛵니까?

새로운 곳에 오니 새롭게 할 일이 참 많습니다. 전에 근무했던 곳, 이미 알고 있는 곳이라서 낯설지는 않을 뿐이지 분주하긴 마찬가지입니다. 무엇보다도 근무하는 분들과 얼굴을 익히는 것이 가장 우선해야 할 일입니다.

다행히 '업무보고'라는 시간이 허락됩니다. 각 부서와 부대별로 순회를 하면서 보고를 받는 시간인데, 저는 이 시간을 잘 활용하고 있습니다. 처음에는 부담을 주지 않기 위해, 시간을 빼앗지 않기 위해 생략할까도 생각했지만 그냥 하기로 마음먹었습니다.

그 이유는 그런 시간이 있어야만 같이 근무하고 있는 분들을 한 번에, 한 자리에서 다 만날 수 있고 얼굴도 빨리 익힐 수 있기 때문입니다. 그러나 무엇보다도 좋은 건 역시 그분들에게 저의 마음을 전하는 시간이기 때문입니다. 그래서 엄밀히 말씀드리면 업무보고가 아니라 대화의 자리입니다.

그 시간을 통해서 저는 인산편지 얘기도 합니다. 인산편지 얘기를 꺼내는 이유 또한 있습니다. 모두 다 아시다시피 육군훈련소라는 부대는 우리나라의 젊은이들이 군에 오게 되면 제일 먼저 접하는 부대이고, 군인이 되어 나가는 부대이기 때문에 훈련병 아들들이나 부모님들께는 대한민국에서 가장 중요한 부대입니다.

그렇기 때문에 육군훈련소에 근무하는 장병들에게 가장 우선시 되는 것이 있다면 그것은 바로 올바른 인성입니다. 좀 더 심하게 말씀드리면 인성이 바르지 못하면, 그 마음 안에 사랑이 없으면 육군훈련소에서 근무할 자격이 없습니다. 그래서 그 어떤 군인들보다도 사유하고 성찰해야 하는 군인들이 바로 육군훈련소에 근무하고 있는 군인들입니다.

저는 함께 근무하는 제 동료, 전우들에게 틈만 나면 이 점을 얘기할 것입니다. 육군훈련소를 명실상부한 정병육성의 요람, 꿈과 희망이 넘치는 부대, 사랑으로 똘똘 뭉친 대한민국 최고의 부대로 만들어 갈 것입니다. 요즘은 그런 생각만 해도 가슴이 뛥니다.

바쁜 일과를 마치고 관사에 오니 또 눈이 내립니다. 환하게 빛나는 가로등 불빛 속에서 내리는 눈을 바라보니 박용래 시인의 「저녁눈」이라는 시가 생각났습니다.

"눈송이처럼 너에게 가고 싶다"는 문정희 시인님의 「겨울 사랑」이라는 시도 입에서 맴돌았습니다. "그냥 네 하얀 생애 속에 뛰어들고"픈 그런 저녁을 저 혼자서 시를 낭송하는 호사를 누리며 보냈습니다.

20세기 초 프랑스 비평가 알랭이라는 사람은 이렇게 말했다고 합니다. "산문이 도보라면 시는 무도이다."라고 말입니다. 시인이자 수필가인 저는 산문도 쓰고, 시도 쓰기에 알랭의 그 말이 무슨 뜻인지 느낌으로 알 수 있습니다. 그리고 큰 틀에서는 동의합니다.

평론가들은 이 말의 뜻을 산문, 즉 수필은 일정한 목표를 향해 걸어가는 것이고, 시는 그러한 목표를 가지고 있지 않다는 뜻으로 해석합니다만, 꼭 그렇게 생각할 것만은 아닙니다. 도보와 무도의 차이를 그렇게 자로 재듯이 딱 구분할 것이 아니라 그저 그 느낌의 차이만 이해하면 누구에게나 충분히 의미가 전달될 것이니까요.

또한 시는 춤이라는 것에 대한 사유가 필요합니다. 시는 노래라고 제가 누차 말씀드렸지만, 알랭이라는 사람은 시는 춤이라고 말하고 있습니다. 저는 알랭이 말한 춤과 제가 말씀드린 노래가 결국은 같은 것이라고 생각합니다. 노래와 춤, 즉 가무인 셈입니다.

눈이 내리는 저녁, 그것도 함박눈이 펑펑 내리는 저녁에 관사 앞 정원 뜰에서 시를 읊으며 노래하고 춤추는 한 남자가 있습니다. 그 남자는 삶의 가장 소중한 의미와 가치들을 생각하고 있습니다.

사랑하는 인산편지 가족 여러분!

오늘 저는 당신과 이런 대화를 나누고 싶습니다. 먼저 제가 당신께 질문을 하겠습니다.

"당신은 어떤 일을 할 때 가슴이 뛰십니까?"

저는 하루에도 수십 번씩 가슴이 뜁니다. 무엇보다도 길을 가다가 훈련병 아들들을 만날 때면 가슴이 뜁니다. 다시 돌아온 곳에서 새롭게 누구를 만날 때에도, 어떤 주제를 가지고 토의를 할 때에도, 시집 한 권을 꺼내 들추다가 문득 마음에 와 닿는 어떤 시 한 편을 읽게 될 때도, 책을 읽다가 마음에 드는 구절을 발견할 때에도, 가끔씩 보는 TV 프로그램에서 정말 가보고 싶을 정도로 아름다운 곳을 보게 될 때도… 늘 가슴이 뜁니다.

제가 그런 것처럼 올 한 해 당신의 가슴이 펄떡이는 물고기처럼 날마다 생기 있게, 활기차게 뛰는 삶이 되셨으면 합니다. 그런 가슴 뛰는 삶을 꿈꾸는 당신을 응원합니다.

-20180110

당신은 어떤 대가를 바라십니까?

새벽에 눈을 떴습니다. 눈을 뜨니 제일 먼저 제 머리 속에 떠오른 건 "아! 내가 살아있구나. 또 하루의 삶이 주어졌구나. 참으로 감사합니다."라는 생각이었습니다. 지금 인산편지를 보고 계시는 당신의 삶도 그렇습니다. 이렇듯 우리의 삶에 선물인 또 하루가 주어졌습니다. 한 주가 시작되었습니다.

우리 인산편지 독자님들 주말 편히 쉬셨습니까? 비록 조금 쌀쌀한 날씨고 바람도 불어서 아주 화창하지는 않았지만 그래도 봄날의 정취를 느끼기엔 부족함이 없었을 거라 생각합니다. 뉴스를 보니 산으로, 들로 나들이를 떠나는 사람들로 고속도로가 많이 붐볐다고 합니다.

저의 주말은 늘 평범합니다. 남들처럼 필드에 나가는 운동을 좋아하는 것도 아니고, 편하게 나들이를 떠날 수도 없고, 쉽게 자리를 비울 수도 없는 몸이다 보니 늘 부대와 관사 주위에서 머뭅니다. 초등학교와 고등학교 동창들은 활발한 모임과 활동을 하고 있지만 쉽게 갈 수도 없습니다. 그래도 많은 친구들이 이해해 주니 고마울 따름입니다. 물론, 저뿐만이 아니라 대다수의 군인들이 그렇게 살아왔고, 그렇게 살고 있습니다. 그게 민간인들이 잘 모르는 군인의 삶입니다.

군인의 삶에 있어 아주 중요한 또 하나가 있습니다. 바로 목숨에 관한 일입니다. 삶과 죽음에 대한 생각입니다. 저희들은 그걸 두고 전문용어로 '사생관'이라고 합니다.

군인은, 특히 직업군인은 나라가 원하면 언제든지 죽기로 맹세한 사람들입니다. 그래서 임관할 때 선서를 합니다. 그날이 언제일지는 모르지만, 물론 군 생활을 하는 동안에 나라가 원하면, 죽어야 할 상황이 되면 기꺼이 죽겠노라고 다짐한 사람들입니다.

군인에게 있어 죽음은 멀리 떨어져 있지 않습니다. 늘 삶과 이어져 있습니다. 그러하기에 군인의 죽음은 장렬해야 하고, 군인의 죽음에는 이유가 없어야 합니다. 무엇보다도 군인의 죽음은 어떤 바람이나 대가가 없어야 합니다. 군인의 죽음을 놓고 어떤 대가를 바라는 것은 그 자체가 군인에 대한 예의가 아닙니다. 모독인 것입니다.

지난 주말에 저는 많이 울었습니다. 찬란한 별이 된, 영원한 보라매가 된 두 군인의 죽음 앞에서 한없이 울었습니다. 그 울음은 이 땅의 군인으로 태어난, 이 땅의 군인으로 살아가는 모든 자들의 울음이며 모든 국민들의 울음이었습니다.

나 태어난 이 강산에 군인이 되어
꽃 피고 눈 내린 지 어언 삽십 년
무엇을 하였으나 무엇을 바라느냐
나 죽어 이 흙 속에 묻히면 그만이지
아 다시 못 올 흘러간 내 청춘
푸른 옷에 실려간 꽃다운 이내 청춘

-양희은 노래 <늙은 군인의 노래> 중에서

울면서 <늙은 군인의 노래>를 불렀습니다. 더 이상 바랄 게 무엇이 있겠습니까? 나 죽어 이 흙 속에, 이 강산에, 내가 사랑한 내 조국 땅에 묻히면 그만이지… 이 얼마나 대가 없는 소박한 바람입니까? 도저히 그냥 있을 수 없었습니다. 「유학산에 핀 꽃」이라는 제 졸시는 그런 제 마음과 울음을 담아 태어난 시입니다.

유학산에 핀 꽃
-인산 김인수

세상이 온통 갖가지 꽃으로 짙게 물들고,
누구나 절로 꽃이 되어 시절을 다투는데
어인 날벼락 다가와 겨우내 기다린 행복
이리도 인정사정없이 자빠뜨리고 마는가

그 어떤 산이 높기로서니 못 피하겠는가
아무리 대기가 불순해도 어렵진 않았겠지
조종간 놓고 뛰쳐나올 수 있었음에도
왜 잡고만 있었는지 그게 어떤 맘이었는지

내 너희 맞으려 그리 많은 비 뿌린 게 아닌데
어이하여 꽃 만발한 내 땅에 젊은 피 뿌렸는가
구석구석 핀 진달래가 그리 붉지가 않았더냐
추적추적 내린 비가 성에 차지 않더란 말이냐

어찌 채 펼치지 못한 날개를 오늘에 접었더냐

화려한 귀환도 준비도 없이 받든 처연한 헌신
꽃 같은 그대들 꽃으로 맞는 게 이리도 힘든데
어떤 님은 가슴 한켠 비워 그대들 담아야 하나

아아! 또 어떤 눈물 품고 그대들 보내야 하나
날마다 가슴 졸이며 보내야 했던 창공 속으로
훠이훠이 날아오르는 온갖 새들의 무리 속으로
영원한 비행 떠나려는 그대들 어찌 보내야 하나

-공군 F-15K 순직조종사 추모시

사랑하는 인산편지 가족 여러분!

많은 분들께서 두 군인의 죽음을 애통해 하셨습니다. 같이 우셨습니다. 그러면서 우리가 겪어 왔던 다른 어떤 죽음들과 비교하는 모습을 보았습니다. 영결식이 어떠해야 했는지 따지는 분도 계셨습니다.

저는 이 자리에서 제 생각을 말씀드리고 싶습니다. 그 마음 다 이해합니다. 그러나 죽음 앞에선 그 어떤 것도 머리를 숙여야 합니다. 이제 우리가 해야 할 일을 해야 합니다. 두 군인을 영원히 자랑스럽게 생각하고, 남은 유가족들을 위로하고 보살펴야 합니다.

나라를 위해, 국민을 위해 하나밖에 없는 자신의 생명을 바친, 그것도 기꺼이 바친 꽃다운 두 젊은 군인의 명예는 세상의 잣대로 감히 평가할 수 없습니다. 그 자체로 찬란하게 영원히 빛날 것임을 우리 군인은 알고 있습니다. 군인인 제가 군인을 존경하는 이유는 그것 때문입니다.

저는 두 군인을 잃고 나서 또 깨달습니다. 그분들을 잃어버린 것이 얼마나 슬픈 일이었는지를요. 남은 우리들은 또 살겠지요. 분명히 잘 살아갈 겁니다. 우리가 잃어버린 그 아름다운 사람들로 인해, 우리가 잃어버린 그 아름다운 것들로 인해서 말입니다.

이런 마음을 담아 오늘 인산이 당신께 묻습니다.
"당신은 어떤 대가를 바라십니까?"

그렇게 사랑한 대한민국의 영공에서, 그 어떤 때보다 찬란했던 날의 창공에서, 나라와 국민을 지키려 영원한 비행을 떠나신 두 젊은 군인, 그리하여 우리의 마음속에 영원한 호국의 별이 되신 두 군인, 아무런 대가도 바라지 않은 군인의 죽음을 몸소 보여 주신 두 군인, 고 최필영 소령님과 고 박기훈 대위님의 명복을 빕니다. 고이 잠드소서. 남은 유가족 분들께 깊은 위로의 말씀을 전합니다.

-20180409

◆

오늘, 당신은 그 누구에게 애썼다는 말 한마디 건네시겠습니까?

비가 개이고 난 후의 세상은 참으로 맑습니다. 꽃들이 서서히 물러나고 있는 자리에는 신록이 대신 들어서 있고, 겹겹이 둘러싼 산들은 몸을 바짝 당겨 더 가까이 다가와 서 있습니다. 이렇게 아름다운 날, 아름다운 산하가 곁에 있으니 참으로 귀한 소확행(小確幸: 소소하지만 확실한 행복)입니다.

사실 자연이 주는 기쁨과 행복은 이루 말할 수 없습니다. 늘 곁에 있다고 생각해서 소소하다고 여길지도 모르겠으나, 자연이야말로 소소하기는커녕 이루 형언할 수 없을 정도로 위대한 것입니다.

사시사철, 하루하루 다른 모습으로 우리를 찾아오는 모습은 가히 신비입니다. 이 자연을 아름답게 가꾸는 일이, 아프지 않게 만드는 것이 우리가 해야 할 일입니다. 온전히 우리의 몫입니다.

저는 요즘 남북정상회담을 위해 기도하고 있습니다. 저만 그런 건 아닐 겁니다. 우리 인산편지 독자님들도 같은 마음으로 기도하고 계실 겁니다. 우리 민족 반만년 역사에서 가장 엄중한 시기, 가장 중요한 사건이라고 생각하기에 기도하지 않을 수 없습니다.

무엇보다도 대통령님을 비롯한 위정자들께 성경에 나오는 느헤미야 같은 지도자가 되게 해달라고, 느헤미야와 같은 협력적 리더십을 발휘하게 해달라고 기도하고 있습니다.

느헤미야는 위대한 인물입니다. 높은 지위에 있으면서도 자신의 안일이나 향락을 추구하지 않고, 늘 조국과 백성을 생각한 인물이었습니다. 그는 예루살렘이 황폐해졌다는 소식을 듣고 왕궁에서의 호사스런 생활을 다 버리고 모국으로 돌아갈 결심을 한 후, 결국 왕을 설득하여 유다의 총독으로 부임합니다. 예루살렘에 도착한 지 사흘 만에 사람들을 설득하여 성벽을 재건합니다. 많은 사람들의 방해와 흉년으로 인한 식량난, 재정난, 적들의 음모 등을 다 이겨내면서 그 어려운 일을 불과 52일 만에 완수합니다.

누구보다도 솔선수범했습니다. 백성들을 진정으로 아끼고 사랑하는 긍휼의 마음을 가졌습니다. 무엇보다도 실의에 빠져있고 지쳐있는 백성들에게 꿈과 희망과 용기를 심어주고, 불어 넣었습니다. 혼자가 아닌 모두가 함께한다는 마음을 먹었습니다. 그렇기에 반대하는 사람들까지도 설득하고, 결속시키는 협력의 리더십을 발휘하였습니다. 그는 진정으로 위대한 하나님의 사람이었습니다.

저는 기도합니다. 우리 대통령님이 이 시대의 느헤미야와 같은 인물이 되기를 기도합니다. 무엇보다도 이번 주 금요일에 있을 남북정상회담을 앞두고 우리부터 마음을 합쳐야 합니다.

단합하고 결속하여 한 방향, 한 마음으로 나아가야 합니다. 그래야만 냉엄한 국제정세 속에서 우리가 원하는 민족화합과 평화통일의 위업을 이루어 나갈 수 있습니다.

정파의 이익을 버리고 오직 나라와 국민의 안전, 행복을 위해 함께 나아가야 합니다. 역사가 지켜보고 있고, 후손들이 지켜보고 있음을 명심하고 느헤미야와 같은 흔들리지 않는 믿음과 충성, 헌신을 우리 모두가 다짐해야 할 때입니다.

저는 군인으로서 또 하나의 다짐을 합니다. 언제, 어떠한 일이 있을지라도 조국 대한민국과 국민들을 위한 최후의 보루가 되겠다는 다짐입니다. 우려가 있을 수도 있고, 불안한 마음도 있을 것이나 어떠한 상황에서도 군은 확고한 대비태세를 갖추고 있고, 저 역시 이를 위해 헌신하고 있습니다.

삼십년 넘게 군복을 입고 오면서 늘 다짐하고 있는 것은 나라가 저의 목숨을 원할 때가 온다면 기꺼이 이 한 목숨 바치겠다는 것입니다. 그것이 평생 군복을 입고 살아온 저의 사명이자 운명이라고 생각합니다. 이는 시간이 지날수록 더 깊고 강하게 제 마음을 파고듭니다. 그러니 저를 믿으셔도 됩니다. 우리 대한민국 군인들과 대한민국 군대를 믿으셔도 됩니다. 빈틈없는 마음과 강한 힘으로 뒷받침하겠습니다.

사랑하는 인산편지 가족 여러분!

김재진 시인은 그의 시 「산다고 애쓰는 사람에게」에서 "꽃이 피면 꽃들에게 그렇게 말해야지./고맙다. 사느라 얼마나 힘들었니." "애썼다"고 말합니다.

지금 우리 곁에 있는 아름다운 자연, 위대한 세상을 봅니다. 그 속에 있는 모든 것들이 지금의 이 아름다운 모습을 위해 많이 애썼습니다. 어느 것 하나 그냥 이루어진 게 없고, 어느 것 하나 쉽게 이루어진 게 없을 겁니다. 우리가 알든 모르든, 인식하든 인식하지 못하든 간에 하루하루 달라지고 있습니다. 그러면서 수없이 많이 애쓰고 있습니다. 비단 나무와 꽃들뿐이겠습니까? 우리도 매일 매일 엄청 애쓰며 살아가고 있지 않습니까?

"고맙다"

"애썼다"

신기하게도 그 말을 들으면 힘이 불끈 솟습니다. 마음에 위로가 되고 평안이 찾아옵니다. 단 한마디, 아주 짧은 말인데도 어떤 길고 화려한 수사보다도 강렬합니다.

그렇습니다. 애썼습니다. 여기까지 오느라 애썼습니다. 지금의 이 모습을 갖추기까지 애썼습니다. 이 세상에 존재하는 모든 것들이 저마다 많이 애썼습니다. 참으로 고마운 일입니다. 그런 자연, 그런 세상, 그런 사람들 속에서 살아간다는 것 자체가, 오늘이라는 하루가 제게 또 주어졌다는 것 자체가 진정 고마운 일입니다.

이 마음을 담아 오늘 인산이 당신께 묻습니다.

"오늘, 당신은 그 누구에게 애썼다는 말 한마디 건네시겠습니까?"

그리 어렵지 않습니다. 그 말 한마디 하는데 물리적으로는 1초밖에 걸리지 않습니다. 서로가 서로에게 마음을 담아 건네는 "애썼다"는 소리가 이 세상에 크게 울려 퍼질 때 우리가 살아가는 이 세상은 진정 아름다울 것입니다.

이번 주 금요일, 남북정상회담이 잘 끝나서 대통령님과 모든 관계자들께 "참으로 애쓰셨습니다."라고 기쁘게 인사할 수 있기를 마음 모아 소망합니다.

-20180425

당신도 저의 삼십 년을 응원해 주십시오

저에게 오늘은 매우 특별한 날입니다. 곧 집을 나설 예정입니다. 매일 입는 전투복이 아니라 간편한 복장을 하고 말입니다. 방향도 다릅니다. 부대가 아닌 서울로 가는 고속버스 터미널로 갑니다.

오늘은 육군사관학교에서 임관 30주년 기념행사가 있습니다. 저와 제 동기들이 바로 그 행사의 주인공입니다. 1984년에 육사에 들어가서 1988년에 졸업한 대한민국 육군사관학교 44기 졸업생들입니다.

올해로 군복을 입은 지 만 34년, 생도생활을 마치고 대한민국의 장교가 된 지 만 30년입니다. 그리 짧지 않은 긴 세월이었습니다. 고등학교를 졸업하고 바로 군복을 입었으니 학창시절을 제외하고 제 모든 삶을 나라에 바쳤다고 해도 과언이 아닙니다. 정말 조국을 향한 한결같은 길이었습니다. 이 길을 걸어온 제 자신에게, 그리고 제 동기생들에게 경의를 표합니다.

1군단 특공연대 16중대 2소대장, 육군훈련소 23교육연대 11중대장, 22사단 53연대 3중대장, 6사단 7연대 3대대장, 육군훈련소 김유신연대장 등 지휘자와 지휘관 시절은 보람으로 가득했던 시간이었습니다. 뜨거운 정을 나누었고, 동고동락이 어떤 것인지 행동으로 실천했습니다.

많은 전우들이 지금도 제 곁에 남아 있고, 소식을 주고 받고, 얼굴을 보며 지냅니다. 여러모로 부족한 제 자신이 그들에게 부끄럽지 않은, 지금까지 기억하고 만나고 싶은 지휘자요, 지휘관이었다는 게 감사하고 또 감사할 따름입니다. 그들과 함께 한 대부분의 시간들이 기쁘고 보람 있고 좋았지만 가슴 아픈 일도 있었습니다.

대대장 시절, 전술종합훈련을 하던 중 한 명의 전우가 불의의 차량 전복사고로 수도병원에서 투병하다가 저와 동료들 곁을 떠난 일이 있었습니다. 평생 제 가슴에 남을 참으로 가슴 아픈 일이었습니다.

대전국립현충원 00묘역 27058번 묘비 밑에 잠들어 있는 박현민 하사는 지난 2007년 8월 7일 조국의 아들이 되었습니다. 저는 가끔씩 그를 만나러 갑니다. 잊지 않을 겁니다. 늘 기억하고, 찾을 것입니다. 오늘 이 지면을 빌려 사랑하는 전우 고 박현민 하사의 명복을 빕니다.

특별히 감사한 건 지금까지 세 번째 연무대인으로서 살고 있다는 것입니다. 이곳 연무대는 특별한 땅입니다. 이곳을 거쳐 간 880만 명이 넘는 젊은이들의 귀한 땀과 눈물이 알알이 스며 있는 땅, 눈에 넣어도 아프지 않을 자식을 군에 보내기 위해 이곳을 찾은 수많은 엄마, 아버지들의 눈물 역시 알알이 스며 있는 땅입니다. 저는 이 세상에서 가장 숭고하고, 의미 있는 이 연무대 땅에서, 군복 입은 군인으로 살아가고 있는 지금 이 순간이 그렇게 자랑스러울 수가 없습니다. 그래서 날마다 감사하고 또 감사합니다.

장군 보좌관, 사단 인사관리장교, 보병학교 인사관리장교, 연대 인사과장, 연대 작전과장, 한미연합사 인력관리장교, 육본 실무장교, 총괄장교, 3군사령부 실무장교, 육본 복지정책과장, 3군사령부 인사처장에 이르기까지 참모장교로 근무했던 시간들 속에는 나라를 위해, 군을 위해 숱한 밤들을 지새우며 고민하고 또 고민했던 기억들이 하나도 퇴색되지 않고 가슴 속에 남아 있습니다. 그렇게 제가 지나온 삼십 년에는 오직 국가와 국민들만 있었습니다. 부족했을지언정 부끄럽지 않습니다. 여기까지 올 수 있도록 함께해준 사랑하는 가족, 친구, 지휘관과 상관으로 모셨던 선배님들, 동료 전우 등 모든 분들께 깊이 감사드립니다. 지금 이 시각 저와 함께 마음을 나누고 있는 우리 인산편지 식구님들께도 감사의 마음을 전합니다.

돌이켜볼 때 참으로 다행인 것은 군대의 첫 번째 사명인 전쟁억제를 위해 많이 노력했고, 실제로 전쟁이 일어나지 않았다는 것입니다. 전쟁이 얼마나 참혹한 일인지 겪어보지 않은 사람은 모릅니다. 물론 저도 실제로 겪어보지는 않았지만 수많은 전쟁사, 전례, 전쟁문학 등을 글과 책으로 접하면 간접경험은 누구보다도 많이 했기에 어느 정도 알 수 있습니다. 제가 몸 담고 있는 동안에 전쟁을 예방할 수 있었다는 건 크나큰 복이 아닐 수 없습니다.

얼마 전에 있었던 판문점선언 등으로 인해 남북관계는 물론 우리를 둘러싼 안보환경에 많은 변화가 있지만 언제, 어떠한 순간에도 군은 군 본연의 역할에 충실할 거라고 다짐합니다. 그리고 제 자신이 이 순간에도 군복을 입은 현역군인으로서 여전히 나라와 국민을 위해 충성하고 있다는 점이 역시 큰 복이라고 생각합니다.

사랑하는 인산편지 가족 여러분!

오늘 저와 제 동기들의 임관 30주년 행사를 하는 뜻 깊은 날, 모처럼 제 졸시를 우리 독자님들께 소개합니다. 오늘밤 제 동료들과 축하만찬을 하면서 술을 한잔 나눌 기회가 되면 저는 제 동기생들,

삼십 년 친구들 앞에서 이 졸시를 낭송하고 싶습니다.

삼십 년 친구에게
-인산 김인수

건네는 술 한잔에 우정 담아 보냈더니
되오는 그 잔 속에 사랑 가득 실렸어라

쉽게 들기 어려워 두 손으로 받쳐 보니
삼십여 성상이 쌓인 긴 세월의 무게여라

친구여! 오늘 밤에는 술보다 네게 취하니
긴 긴 밤 깨지 않도록 가득 따라 주려무나

임관 30주년을 맞아 저는 변함없이 나라와 국민을 위해 충성하는 군인의 길을 걸어갈 것을 다짐합니다. 이 나라를 위해 목숨을 바치신 호국영령님들과 자랑스러운 선배님들을 잊지 않고 늘 기억하며 한 눈 팔지 않겠습니다. 그리고 군복을 벗는 그 순간까지, 아니 예비역이 되어서도 평생 군인으로 살아왔음을 영광과 자랑으로 여기며 충성하겠습니다.

오늘 아침, 저를 응원해 주시는 당신께 진심으로 감사드립니다. 당신이 계셔서 행복합니다. 기쁜 마음으로 잘 다녀오겠습니다. 충성!

-20180525

◆

당신은 날마다 감동하십니까?

요즘 저의 삶을 한마디 단어로 표현하라고 한다면 저는 주저함이 없이 '감동'이라는 말을 꺼내고 싶습니다. 날마다 눈을 뜨면서부터 감동은 시작되어 잠자리에 들기까지 계속됩니다. 일부러 감동을 받으려고 애를 쓰지 않아도 살아가는 시간들, 만나는 사람들, 행하는 일들 속에서 감동이 밀려듭니다.

당신의 하루는 어떻습니까? 매일 매일이 감동인 삶을 살아가고 있습니까? 이는 참으로 쉽지 않은 일입니다. 세상의 일들 중에는 말은 쉬운데 행동하기는 어려운 일들이 있습니다. '감동'이라는 말도 그렇습니다. 감동이라는 것은 말 그대로 무엇인가를 느끼어 마음이 움직이는 것입니다. 우리 인간만이 가지고 있는 유일한 감정이 동하는 것입니다. 그 감정을 움직이게 하는 동력 '선한 영향력' 입니다.

우리가 흔히 누군가에게, 무엇인가에 감동을 받았다는 것은 그 선한 영향력으로 인해 내 마음이, 내 감정이 움직여 느낀 대로 살아가야겠다는 생각과, 의지와, 행동으로 옮길 수 있게 하는 가장 중요하고 큰 힘이 되는 것입니다. 그래서 정말 할 수만 있다면 우리는 날마다, 숨 쉬는 순간마다 감동받는 삶을 살아가야 하는 것입니다.

좀 더 구체적으로 제가 감동을 받으며 살아가는 모습을 말씀드릴까 합니다. 무엇보다 올해는 제 스스로 올바른 신앙인이 되고자 다짐했습니다. 그 다짐이 없이는 이곳 논산 땅에 서기가 힘들다는 것을 누구보다도 잘 알고 있기 때문입니다.

잘 아시다시피 육군훈련소는 대한민국 육군에 들어오는 젊은이들의 45%가 훈련을 받고 나가는 곳입니다. 그야말로 대한민국 군인 '정병육성 요람'입니다. 또한 이 젊은이들을 올바른 민주시민으로 살아갈 수 있도록 교육하는 곳입니다. 그렇기 때문에 훈련하는 기간 중에는 어느 종파를 선택하든 자율적으로 종교행사, 신앙생활을 하게 합니다.

저는 크리스천으로서 자랑스러운 우리나라의 젊은이들을 하나님 품으로 인도하는 일을 기꺼이 감당하고 있습니다. 하나님을 위하여, 나라를 위하여 충성하고 헌신하는 그 일이 하나님께서 제게 주신 사명이라고 여기며 감사하고 있습니다. 그 일을 통해 저는 날마다 감동받습니다.

군인으로서도 매일 매일 감동받습니다. 이곳 연무대 땅은 만 34년 군 생활 동안에 세 번이나 근무하게 된 곳입니다. 이런 경우는 흔치 않을 것이고, 저 역시 한 부대에 세 번이나 근무하는 간부를 본 적이 없습니다.

이 연무대 땅에는 제가 중대장으로, 연대장으로 수없이 많은 날들을 젊은이들과 동고동락하며 흘렸던 땀과 눈물이 스며 있습니다. 그러니 이 땅 위에 다시 서는 것만으로도 저는 날마다 가슴이 뛰고 감동하지 않을 수 없습니다.

하나같이 잘 생긴 아들들, 씩씩한 젊은이들을, 그것도 하루에 몇 천 명이나 만날 수 있다는 것이 얼마나 대단한 일입니까? 그 한 명 한 명이 부모님들께는 눈에 넣어도 아프지 않을 아들과 딸들입니다.(이곳에는 기초군사훈련을 받는 여군 부사관후보생들도 있습니다.)

또한 그들은 대부분 부모님 품을 처음으로 떠나 낯설기만 한 군에 와 있는 젊은이들입니다. 부모님들이 날마다 보고 싶어서 몸살이 날 정도로 귀한 자식들입니다. 그런데 저는 마음만 먹으면 언제든지 그 아들들과 딸들을 볼 수 있으니 이 어찌 대단한 일이 아니겠습니까? 이 어찌 감동이 되지 않을 수 있겠습니까?

또 하나의 감동은 이곳에 근무하고 있는 많은 연대장, 교육대장, 중대장, 소대장, 분대장 등 기간장병들과의 만남에서 옵니다. 저는 날마다 예하부대를 다니며 그들과 대화합니다. 그리고 그들이 얼마나 중요한 일을 하고 있는지, 얼마나 의미 있고 소중한 일을 하고 있는지, 얼마나 대단한 일을 하고 있는지 일깨워 줍니다. 그리고 정말 행복하게 살아가자고 말합니다.

제 자신이 그렇게 할 수 있는 위치가 되어 제가 마음에 품고 있는 뜻을 펼칠 수 있음이 좋습니다. 대한민국 육군에서 가장 중요한 부대, 우리의 귀한 아들딸들이 군에 오면 처음으로 만나는 부대, 그래서 온 국민의 마음속에 늘 살아 있는 부대인 육군훈련소를 행복이 넘치는 부대로 만들겠다는 저의 꿈을 펼쳐 나가는 것이 제게 주어지는 진한 감동입니다.

사랑하는 인산편지 가족 여러분!

저는 어느덧 5년째 인산 편지를 써오고 있습니다. 쉬는 날 빼고는 매일 일기 같은 편지를 쓰는 것은 날마다 인산편지를 통해 사유하고 성찰하는 삶, 감동을 주고 감동을 받는 삶을 펼쳐 나가자는 저의 다짐이며 소망입니다. 그래서 우리가 살아가는 이 세상이 조금씩 조금씩 더 아름다워질 수 있도록 제게 주어진 달란트를 아주 기쁘게 사용할 것입니다.

만약에 내가
-에밀리 디킨슨

만약에 내가 한 사람의 가슴앓이를
멈추게 할 수 있다면
나 헛되이 사는 것은 아니리

만약에 내가 누군가의 아픔을
쓰다듬어 줄 수 있다면
혹은 고통 하나를 가라앉힐 수 있다면
혹은 기진맥진 지친 울새 한 마리를
제 둥지로 돌아가게 할 수 있다면

나 지금 헛되이 사는 것은 아니리.

에밀리 디킨슨의 「만약에 내가」라는 시는 날마다 연무대 땅을 헤집고 다니는, 날마다 인산편지를 전하는 바로 제 마음입니다. 저의 말과 글, 행동을 통해 어느 한 사람의 가슴앓이를 멈추게 할 수 있다면, 아픔을 쓰다듬어 줄 수 있다면, 고통을 덜 느끼게 할 수 있다면, 힘과 용기를 심어줄 수 있다면 분명히 저는 지금 헛되이 사는 것이 아닐 것입니다.

이런 마음을 담아 오늘 인산이 당신께 묻습니다.

"당신은 날마다 감동하십니까?"

부디 당신의 삶이 감동으로 채워졌으면 좋겠습니다. 아침에 눈을 뜨는 것 자체가 감사와 감동이었으면 좋겠습니다. 당신이 하는 말, 당신이 전하는 안부, 당신이 하는 행동이 당신 곁에 있는 누군가에게 늘 감동이 되었으면 좋겠습니다. 저와 당신의 그 감동의 물결이 되어 이 세상에 넘칠 때 이 세상은 정말 살맛 나고 아름다운 세상이 되지 않겠습니까?

오늘 아침, 이 편지를 당신께 전할 수 있음이 감동입니다. 이 편지를 받으시는 당신께도 꼭 감동이 되길 마음 모아 소망합니다.

-20180118

◆

이 세상에서,
당신은 어떤 꽃처럼 살고 싶습니까?

세상이 온통 꽃과 신록으로 물들은 아름다운 날들이 이어지고 있습니다. 이 아름다운 계절엔 눈만 호강하는 게 아닙니다. 봄바람을 타고 또 여기저기 떠다니다가 제 특유의 향내가 다 사라지기 전에 코끝을 간지르는 꽃향기를 맡는 것도 엄청난 호사입니다.

제가 근무하고 있는 부대의 사무실이 있는 건물 앞 정원에는 라일락 나무가 두 그루 서 있습니다. 그리 크지 않은 나무지만 향기는 충분합니다. 일부러 찾아가서 라일락 향기를 맡아 봅니다.

꽃잎에 코를 대고 한참을 그대로 있습니다. 후각은 금방 무뎌진다고 하는데 라일락 향기는 쉼 없이 코를 지나 몸 안으로 들어옵니다. "라일락 꽃 피는 봄이면 둘이 손을 잡고 걸었네. 꽃 한 송이 입에 물면은 우린 너무 행복했었네." 라일락꽃 노래가 절로 나옵니다.

오늘은 4월 16일입니다. 무슨 날인지 말씀드리지 않아도 잘 아시죠? 먼저 꽃다운 나이에 하늘나라로 먼저 간 고인들의 명복을 빕니다.

벌써 4년이란 시간이 흘렀습니다. 누군가에겐 그냥 흘러간 4년인지도 모릅니다. 하지만 잊지 못하는, 도저히 잊을 수 없는 이들에게는 4년이란 게 숫자에 불과할 테지요. 4년, 10년, 40년, 400년이 대체 무슨 의미가 있겠습니까? 우리 모두가 잊어서는 안 되는 이유입니다.

그 죽음 앞에서, 생명 앞에서, 아픔 앞에서 특정한 목적과 이익, 심지어는 이념까지 들먹이는 사람들이 하도 많아서 드러내 놓고 언급하는 것조차 꺼리는 사람들이 있습니다. 비판과 비난을 두려워하는 마음도 있지만, 내 일도 아닌데 굳이 나설 필요가 있을까 싶어서 그런지도 모르겠습니다.

그러나 한 번 생각해 보십시오. 그것이 얼마나 비인간적인 삶인가를요. '남의 일을, 남의 일이 아닌, 나의 일처럼 받아들이는 것!' 정말 쉽지 않은 일이지만 따뜻한 세상을 살기 위해서는 꼭 필요한 공감, 이것이 우리가 인문학을 하는 이유라고 저는 늘 강조합니다.

저는 이러한 마음으로 늘 인간의 삶, 인간의 마음에 집중하고 있습니다. 남을 남이 아닌 나처럼 여기는 것! 이것이 인문학의 바탕이라 여기기에 남들의 삶, 남들의 마음을 그냥 스쳐버리지 않으려 노력합니다. 이것은 그저 마음의 밭을 조금만 가꾸면 누구나 다 알고 실천할 수 있는 기본적인 도리입니다.

최근 한 대기업 오너의 딸이자 그 회사의 임원이기도 한 어떤 젊은 사람이 갑질을 했다고 하여 많은 비난을 받고 있습니다. 불과 몇 년 전에 언니가 행한 일을 사람들 기억 속에 여전히 남아있는데 동생까지 가세해서 국민들의 공분을 사고 있습니다.

참으로 큰 문제입니다. 돈이 좀 많다고, 힘이 더 있다고 사람이 사람을 자기감정대로 모욕하고 상처주고 짓밟는 일을 서슴지 않는다면 이 세상이 어떻게 되겠습니까?

금수저, 흙수저라는 말도 안 되는 단어로 구분하여 불리는 그 참담함을 "현실은 그래, 현실은 어쩔 수 없어."라며 받아들이는 것도 힘든데 그걸 직접, 또는 간접적으로 당하고 목격하며 살아가야 하는 게 정말 싫습니다. 화가 날 정도입니다.

저는 알고 있습니다. 이 세상이 제가 생각하는 만큼 아름답지 못하다는 걸 말입니다. 그래서 틈만 나면 이 세상을 아름답게 살아가자고 말씀드리곤 합니다. 그래서 매일 이렇게 시를 노래하고, 삶을 들여다 보며 우리가 사는 이 세상을 아름답게 만들어 가자고 목이 터져라 외치는 것입니다.

사랑하는 인산편지 가족 여러분!

세상이 온통 꽃으로 만발한 요즘에는 시인들도 꽃에 대해 노래하기를 즐거워합니다. "꽃을 노래하지 않는 시인은 시인이 아니다." 제가 한 말입니다. 사람이면 누구나 다 꽃을 노래하는데 하물며 시인이라면 어떠해야겠습니까?

꽃 중에서 오늘은 도종환 시인의 「모과꽃」을 생각해봅니다. 다른 시인들이 잘 다루지 않는 독특한 꽃입니다. 봄이 되면 제일 먼저 다가오는 꽃도 아닙니다. 찬란한 목련이나, 화려한 벚꽃도 아니고, 매화꽃이나 복사꽃도 아닙니다. 정말 본 적이 있을까 싶은 꽃입니다.

모과꽃! 저도 곰곰이 생각해 봅니다. 모과나무는 자주 보았는데 모과꽃이 어떻게 생겼는지 잘 떠오르지 않습니다.

"나무 사이에 섞여서/바람하고나 살아서/있는 듯 없는 듯"하기 때문입니다. 예쁘다고 하는 사람도, 향기를 맡는 사람도 없었을 테지요. 세상 모든 꽃들이 저마다의 모습이나 향기를 뽐낼 때에도 그저 빙그레 웃으면서 바라보고만 있었겠지요.

그 「모과꽃」을 통해 겸허한 마음과 소박한 자세로 삶을 살아가라고 전하는 시인의 마음에 머리가 숙여집니다. 입으로만, 말로만, 겉으로만 떠드는 것이 아니라 모과꽃을 통해 조용히 전하는 시인의 마음으로 인해 제가 바라보는 세상, 제가 꿈꾸는 세상은 정말 모과꽃과 같은 세상임을 공감합니다.

세상이 온통 자기 자신을 드러내고자 애쓰는 사람들로 넘쳐납니다. 지금은 특히나 더 그런 때입니다. 어떤 자리, 어떤 직책, 어떤 권력을 위해 모두가 눈에 화려하게 보여지는 꽃이 되려고 애를 씁니다. 그래서 모과꽃이 더욱 소중하게 다가옵니다.

이 봄날에 저는 모과꽃을 생각합니다. 이 땅에서 모과꽃처럼 살기를 원합니다. 많이 가진 자를 부러워하지 않고 못 가진 자를 긍휼히 여기는 사람이고 싶습니다. 높은 자리에 있는 사람을 따라가려고 애쓰기보다는 낮은 자리에 있는 사람들을 아끼고 섬기며 살아가고 싶습니다. 우리 훈련병 아들들과 같은 젊은이들을 말입니다.

그 이유는 분명합니다. 많이 가지지 못하고 낮은 자리에 있는 사람들의 아픔과 상처를 보듬어 살피면서 그들의 마음을 조금이라도 위로하고 치유할 수 있다면 제 삶이 지금보다 더 의미 있고, 가치 있을 것이기 때문입니다. 더 바라기는 이 군대에서 모과꽃과 같은 군인이 되고 싶습니다. 하나님의 나라에서 모과꽃과 같은 신자이고 싶습니다.

이런 마음을 담아 오늘 인산이 당신께 묻습니다.
"이 세상에서, 당신은 무슨 꽃이 되고 싶습니까?"

이 물음을 붙들고 오늘 하루, 정말 경건한 마음으로 사유하고 성찰하는 삶이 되길 원합니다. 그런 당신의 삶을 존경하고 사랑합니다.

-20180416

◆

당신은 님들의 무덤 앞에 서 보셨습니까?

상쾌한 아침입니다. 벌써 금요일입니다. 어제가 삼일절 공휴일이라 그런지 왠지 월요일인 듯한 느낌인데 금요일이란 걸 실감하고 보니 갑자기 막 행복이 몰려옵니다. 이런 기분 저만 느끼는 것은 아니지요?

초등학교 때 한 친구가 월요일 아침에 제게 이런 말을 한 기억이 납니다. "너는 공부를 잘하니까 학교에 오는 월요일이 기다려지지?"라구요. 제가 뭐라고 했을 것 같습니까? "아니, 난 월요일이 싫어. 다음 날까지 실컷 놀 수 있는 토요일이 젤 좋아." 이랬습니다. 예나 지금이나 이런 마음을 갖는 건 비단 저만은 아닐 겁니다.

그런데 요즘 들어서는 월요일이 좋습니다. 주말이 싫거나 지루해서는 결코 아닌데, 월요일이 좋고 기다려지기까지 합니다. 시간이 빨리 지나가는 것, 세월이 빠르게 흘러가는 것만 제외하고는 월요일이 자주 돌아오는 것도 제게 있어서는 좋을 듯합니다. 이런 마음이 드는 것은 이곳 연무대에서의 제 삶이 날마다 새로운 즐거움, 새로운 재미, 새로운 의미로 채워지기 때문입니다.

어느 글에서 보았습니다. 우리의 삶, 인생에는 두 가지의 '미'가 있어야 한다고 합니다. 하나는 '재미'요, 또 하나는 '의미'입니다. 순간순간, 하루하루 이 재미와 의미가 서로 맞물려 가면서 이루어지는 것이 인생이라는 것입니다.

항상 재미만 있을 수도 없고, 또 항상 의미만 있어야 하는 것도 아닙니다. 항상 햇볕만 내리 쬐면 사막이 되는 것과 같은 이치이지요. 이는 자연의 이치요, 섭리입니다. 좋은 날이 있으면, 궂은 날도 있기 마련입니다. 재미와 의미가 서로 어우러지고, 조화를 이루는 삶이 옳은 삶일 겁니다.

정작 중요한 문제는 이 재미와 의미가 반드시 있어야 할 데에 있어야 한다는 겁니다. 재미와 의미가 어긋나 잘못 자리를 잡으면 낭패를 보기 십상입니다. 낭패를 넘어 치명적인 오점이나 실패로 이어질 수도 있습니다. 그러니 무엇보다도 삶에 있어서의 조화와 균형, 명확한 분별이 필요합니다.

어제는 제99주년 삼일절을 맞아 국립대전현충원을 찾았습니다. 제가 근무하고 있는 논산에서 그리 멀지 않은 곳에 있어서 쉽게 갈 수 있는 곳입니다. 그래도 다른 사람들보다는 현충원을 자주 찾는 편이라고 생각하지만 현충일이나, 다른 행사가 아닌 날에 찾은 것은 저도 오랜만의 일이었습니다.

다 아시다시피 우리나라에는 서울 동작동과 대전 유성에 국립현충원이 있고, 이천과 임실 등 여러 곳에 호국원이 있지만 바쁘게 살아가다 보니 자주 찾기는 어려울 것입니다. 그러니 이렇게 특별한 날에는 다른 재미를 찾기보다는 정말 뜻 깊은 의미를 되새기며 가 보는 것도 좋은 방법입니다.

어제 제가 그랬습니다. 순전히 현충일의 의미를 되새기면서 애국지사 묘역을 돌아보기 위함이었습니다. 그동안 현충원을 올 때면 대부분 현충탑과 동료들이 잠들어 있는 묘역을 위주로 참배를 했었기에 애국지사 묘역을 돌아보는 일은 소홀히 했습니다.

애국지사 1묘역에 도착하니 그 넓은 묘역에 사람 한 명 없습니다. 유난히 강하게 불어오는 바람만 저를 맞아줍니다. 하늘을 나는 까마귀는 '까악까악' 소리를 내며 이 능선 저 능선의 나무를 가로지릅니다. 아마도 제가 온 걸 반기는 것 같습니다.

묘역 중앙에서 경건한 마음으로 인사를 올리고 천천히, 한 분 한 분 살펴보았습니다. 묘비명과 비문도 들여다보았습니다. 순국선열과 애국지사 한 분 한 분의 애국애족 정신이 가슴 뭉클하고 감동어린 글로 담겨 있었습니다. 그곳에는 그토록 원했던 독립을 맞아 몇 년 뒤에 고국으로 돌아오시는 길에 이 땅에 채 당도하기 전에 배 위에서 서거하신 분의 사연도 있었습니다.

그곳에 서서 저는 지금 이 순간, 이 곳에 제가 서 있는 이유에 대해 생각했습니다. 지금 이 순간, 이 곳에서 제가 해야 하는 일에 대해 생각했습니다. 제 졸시 「님들의 무덤에서」는 그런 마음으로 쓴 시입니다.

님들의 무덤에서

-인산 김인수

오늘은 오고 싶었다. 여기 이 땅에 오고 싶었다
다른 날은 몰라도 오늘만큼은 꼭 오고 싶었다
99년 전, 가슴에 총칼 받아가며 목 놓아 외치던
대한독립만세의 그 외침이 알알이 녹아있는 땅
만주로, 연해주로, 시베리아까지 뿔뿔이 흩어져
외로이 싸웠던 영혼들 한데 모은 장군봉 산 아래
해와 달이 보호하는 그 언덕 위에 꼭 서고 싶었다

바란 것 오직 하나뿐, 그 무엇도 바라지 않았다
늘 있을 줄 알았는데 어느 순간 사라진 내 조국
잃고 나서야 얼마나 소중한지 알았던 내 나라
이대로 있을 수 없다. 이대로는 살아갈 수 없다
나는 몰라도 내 자식, 손자에게는 물려줄 수 없다
아무 조건 없이, 아무런 대가 없이 그냥 싸웠기에
찾는 이 없어도, 기억해줄 이 없어도 서운치 않다

님들이여 서운해 하셔도 됩니다. 혼내셔도 됩니다
해마다 오는 이날, 집구석에 태극기 하나 달랑 걸고
님들의 외침 기억하노라, 님들의 피 잊지 않았노라
알량한 마음으로만 스쳐 지나간 게 저뿐이겠습니까
님들이 다시 찾은 이 땅만 말없이 기억하고 있을 뿐
님들의 땅을 날며 진혼곡을 부르는 새들만 알아줄 뿐
님들이 이곳에 누운 줄도 모를 텐데 누가 알겠습니까

아서라. 그런 소리일랑 말아라. 몰라도 된다잖느냐
우리 이곳에 순국선열, 애국지사 이름으로 누운 걸
너희들이 모른다고 무에 그리 큰 잘못이겠느냐
그렇다고 해서 그게 다 너희들의 탓이겠느냐
세월이 그랬고, 시대가 그랬으니 뭔 탓을 하겠느냐
살아서도 이름 내지 않았거늘 죽어서 뭘 구하겠느냐
그러니 이제 와서 행여나 요란법석일랑 떨지 말거라

난 그냥 좋다. 죽어서라도 이 땅에 묻혔으니 좋다

난 정말 좋다. 죽어서라도 내 땅에 묻혔으니 좋다
왜놈 땅만 아니면 그 어디라도 괜찮다고 했었는데
중국 땅도 아니고, 노서아 땅도 아니니 얼마나 좋니
더 이상 도망갈 필요도, 숨을 필요도 없으니 좋다
해방된 나라가 내게 여덟 평 누울 땅 마련해 주고
과분한 호칭 새긴 묘비와 유언 담은 비문까지 새겼으니
어느 땅 흙 한 줌 달랑 덮고 있는 동지들에게 미안허이

오늘 온 이 땅 위엔 골 따라 능선 따라 바람이 몹시 분다
찾는 이 없어 더 적막한 땅 너라도 그렇게 지키고 있구나
님들이시여! 저는 압니다. 그래도 님들은 행복하다는 걸
목숨으로 바꾸어 자주와 독립된 이 땅에 누워 계시니
님들은 그래도 멀리 후손들 인기척이라도 듣고 계시니
이제 그냥 떠나는 순간에 차마 발길이 떨어지지 않음은
지금 내가 선 무덤 앞, 앞으론 어느 후손들이 또 서리오
바람만이 지키는 님들의 무덤에서 난 이렇게 염려한다

-2018년 삼일절, 국립대전현충원 애국지사 묘역에서

사랑하는 인산편지 가족 여러분!

제 마음을 가장 잘 알아주었던 것은 아마 바람이었을 겁니다. 그리고 그 이후에 간간이 찾아온 후손으로 보이는 소수의 분들은 저보다 훨씬 더 많이 알고 있을 겁니다. 아니, 절 반겨주었던 까마귀도 알고 있겠지요. 입으로는 역사를 잊지 말자고 하면서, 머리로는 다 안다고 하면서 자주 찾아오지 않는, 평상시에는 잊고 지내는 부

끄러운 후손들의 마음을요.

그러면서도 한편으로는 많이 기뻤을 겁니다. 그분들이 누구입니까? 어떤 분들입니까? 우리가 자주 찾아오지 않는다고 탓하실 분들이 아니잖습니까? 나라의 자주독립을 위해 목숨을 바치신 분들입니다. 간악한 일제의 눈을 피해 힘겹게 투쟁한 분들입니다.

참배를 마치고 돌아오는 길에 조금 떨어지지 않은 곳에 누워있는 전우 한 사람을 만나고 왔습니다. 맘속으로 저는 그곳에서 누워 계신 분들께 말씀드렸습니다. 자주 오겠노라고, 결코 잊지 않겠노라고 말입니다.

이런 마음을 담아 오늘 인산이 당신께 묻습니다.
*"당신은 님들의 무덤 앞에 서 보셨습니까?"*라고요.

그 무덤 앞에 꼭 서 보시길 빕니다. 그 무덤 앞에서 님들을 꼭 만나보시길 원합니다. 그곳에 서서 님들이 전하는 말씀에 귀를 기울여 보십시오. "어떻게 살아갈 것인가?" 머리와 마음이 정리될 것입니다. 그리고 꼭 한마디 더 말씀드리고 싶은 게 있습니다. 우리가 그곳에 서지 않으면 우리 후손들도 서지 않을 것입니다. 이 말씀을 꼭 기억하시길 소망합니다.

-20180302

◆

당신의 금소는 무엇입니까?

어젯밤부터 몰려온 안개가 지금 사방을 뒤덮고 있습니다. 관사 창문을 여니 바로 눈앞에 '선경'이 펼쳐져 있는 듯한 느낌입니다. 길쭉하게 뻗은 나무들이 안개 속에 하나 둘 드러나 있는 게 마치 신비스러운 숲 속에 와 있는 듯한 느낌입니다.

지난 주말 인산편지 독자님을 만나 잠시 대화를 나누었습니다. 매일 편지를 읽으신다고 하시는데 내용이 어려워 답장을 달지 못하신다고, 그래서 제게 미안하다고 하셨습니다. 편지를 받으시는 분들 중에 혹여나 또 그렇게 생각하시는 분이 계실지 몰라 말씀드립니다.

인산편지는 하루하루 작가가 던지는 삶의 중요한 물음들을 붙잡으면서 사유하고 성찰하는 삶을 살아가시길 원하는 마음에서 띄우는 편지입니다. 소통하면서 서로의 마음을 나누면 더 좋겠지만 그런 부담을 갖지 않으셔도 됩니다.

섬진강 시인으로 우리에게 잘 알려진 김용택 시인님은 세월이 흐르고 나이가 들면서 성정이 순해지기에 세상을 바라보는 눈이 달라지고, 시가 달라졌다고 하셨습니다. 그러면서 이제는 하루하루 삶의 모든 기록이 시가 된다고 하셨습니다. 정말 옳은 말씀이라고 생각합니다. 저는 시인님처럼 늘 그런 마음으로 살아가고 있습니다.

제게 있어 글 쓰는 일은 자연을 사랑하고, 세상을 사랑하고, 사람을 사랑하는 일이기에 순간순간 늘 가슴 떨리는 일입니다. 가슴 설레는 일입니다. 그 떨림과 그 설렘이 사그라드는 순간은 아마도 제가 펜을 놓는 순간이 될 거라고 마음으로 다짐하고 있습니다.

사랑하는 인산편지 가족 여러분!

며칠 전 우리 훈련병 아들 중의 한 명이 체력단련 중에 쓰러졌습니다. 1.5km 달리기를 하던 중에 심정지가 일어나 800m를 뛰다가 갑자기 앞으로 쓰러진 것입니다.

조금도 지체 없이 지구병원으로 후송하여 심폐소생술을 했습니다. 멎었던 맥박과 호흡이 돌아왔습니다. 의식이 없기에 주위에서 가까운 원광대학교부속병원으로 긴급후송을 했습니다. 저도 응급실을 찾아 확인하고 기도했습니다.

어제 아침에 그 훈련병 아들이 깨어났다는 반가운 소식이 있었습니다. 감사하고 또 감사한 일입니다. 천하보다 귀한 한 생명을 살리신 하나님께, 정성을 다한 우리 동료들께 감사합니다.

정확한 원인은 이제 더 검사하고, 확인을 해야겠지만 심장 이상임에 틀림없습니다. 가족력도 있었다고 합니다. 그런데 지금까지는 잘 모르고 있다가 군에 와서 알게 된 것입니다. 혼자 운동하다가 그런 상황이 왔으면 더 큰일이 일어났을 텐데 정말이지 천만다행입니다. 모든 게 우리의 생사화복을 주관하시는 하나님의 은혜입니다.

박완호 시인의 「급소」라는 시가 있습니다. 이 시에서 시인은 우리 모두에게 있는 급소에 대해 이야기하고 있습니다. 그 훈련병에게는 심장이 급소인 것처럼 사람마다 다 다른 급소가 있습니다. 그리고 그 급소는 한두 가지가 아닐 겁니다.

급소 하면 일단 몸부터 생각을 하곤 하는데 어디 몸의 급소만 있겠습니까? 마음의 급소는 더 중요합니다. 당장 눈에 보이지 않고, 당장 눈에 띄지 않지만 더 깊숙한 곳에 자리 잡고 있어서 그곳이 건드려지면 몸보다 더 치명적으로 다가옵니다.

시인이 전하는 마음을 음미하며 오늘 인산이 당신께 묻습니다.
"당신의 급소는 어디입니까? 당신의 급소는 무엇입니까?"

급소가 있으면서도 모르고 살아가는 사람들, 급소를 알면서도 대비를 하지 않고 살아가는 사람들이 있습니다. 어쩌면 우리 모두가 다 그렇습니다. 급소가 어디인지, 무엇인지 잘 모르고 살아갈 때가 많습니다. 그러니 어느 순간 한 대 딱 맞고 나서야 쓰러집니다. 급소는 바로 그런 곳입니다.

세상을 살아가면서 꼭 필요한 것은 내 자신의 급소를 알아야 한다는 것입니다. 그리고 내 급소가 중요하듯이 다른 사람들의 급소도 똑같이 중요함을 느껴야 합니다. 그래서 늘 나를 둘러싼, 내 주위에 있는 사람들의 급소를 살펴야 합니다.

그리고 내 급소를 보호하듯이 다른 사람의 급소를 보호해 주는 일입니다. 굳이 찾아내서, 들춰내서 때리고 공격해서는 안 됩니다. 내 급소가 치명적이고 중요하듯이 다른 사람의 급소도 똑같음을 한 시도 잊어서는 안 됩니다.

이렇게 우리 모두가 서로 서로의 급소를 잘 살피고, 보듬고, 보호해 줄 때 우리가 사는 이 세상은 더 안전하고, 더 아름다울 거라 저는 믿습니다.

-20180326

◆

당신은 당신을 둘러싼 모든 것에 경탄하십니까?

안개가 자욱한 금요일 아침입니다. 운전하는 분들에겐 불편하고, 또 미세먼지가 섞여 건강에도 좋지 않다고 하지만 안개는 나름 운치가 있습니다. 안개가 주는 몽환적 느낌, 신비로움도 아직 그대로입니다.

지금 저는 훈련장에서 야간숙영 훈련을 마친 우리 훈련병 아들들과 함께 꿀맛 같은 아침식사를 하고 있습니다. 어제는 숨 가쁜 하루가 지났습니다. 매일 매일의 삶이 다 그렇지는 않기에 어제 하루의 삶이 더 숨 가빴다고 생각하는지도 모릅니다.

이곳 연무대에는 수많은 훈련병 아들들이 훈련을 받고 있습니다. 심적으로, 육체적으로 채 준비가 되지 않은 채로 군에 들어온 아들들이 많습니다. 그래서 짧은 기간에 집중되는 훈련의 일정들이 그리 만만하지 않을 것입니다.

물론 훈련은 과학적이고 체계적인 훈련 일정에 따라 이루어집니다. 영외교육과 영내교육을 교대로 편성하여 강도를 조절합니다. 훈련은 강하게 하되, 먹는 것, 자는 것, 입는 것 모두 불편하지 않도록 많은 신경을 쓰고 있습니다. 아프거나 다치지 않도록 하고, 아플 경우에는 충분한 의료지원을 하고 있습니다.

그럼에도 불구하고 많은 인원이 충분하지 않은 공간에서 생활하고 훈련하다 보니 불편한 게 많이 있습니다. 엊그제 언론에서 지적

한 문제도 사실이 아닌 왜곡된 것이 많지만 일부 귀 담아 듣고 개선해야 할 것도 있습니다.

이는 우리 연무대인들만의 노력으로는 한계가 있습니다. 그래서 국방부, 육군본부에서 같이 공감을 하면서 시설과 환경 개선을 위해 많은 노력을 하고 있습니다. 어제 국방부 차관님께서 우리 연무대를 다녀가신 이유도 그런 차원입니다.

차관님과 동행하여 많은 분들이 국방부, 육군본부, 교육사령부에서 방문하였습니다. 현장을 다 둘러보고 한 자리에 모여 토의도 하였습니다. 예산을 반영하여 시설을 개선해야 한다는 공감대가 이루어졌습니다. 67년 육군훈련소 역사에 획기적인 전기가 될 것으로 믿습니다.

이를 위해 저부터 노력할 것입니다. 우리 대한민국 육군훈련소가 군에 들어온 귀한 아들들을 잘 훈련시킬 수 있도록, 보다 좋은 환경 속에서 건강하게 훈련을 받을 수 있도록, 그리하여 소중한 젊음을 나라에 바친 그들의 헌신과 희생에 보답할 수 있도록 최선을 다할 것입니다.

아무리 좋은 환경과 시설이 있어도, 아무리 충분한 급식이 제공되어도, 아무리 잘 구비된 훈련시스템이 있어도 그들을 교육하고 훈육하는 기간장병들의 사랑과 정성이 없으면 모래 위에 지은 집임을 저는 잘 알고 있습니다. 그 사랑과 정성이 가장 기본임을 하시라도 잊지 않겠습니다.

사랑하는 인산편지 가족 여러분!

혹시 요즘 들어 시간이 부족하다는 말을 가끔 하시는지요? 해야 할 일이 많을 때, 이것저것 신경을 써야 할 일이 많을 때 우리는 흔히 시간이 부족하다는 말을 하곤 합니다.

사실 시간은 누구에게나 동일하게 24시간이 주어져 있기에 부족하다는 표현은 맞지 않습니다. 엄밀하게 말하면 시간이 부족한 게 아니라 절대적인 시간에 비해 처리해야 할 일이 많은 것이지요. 요즘의 제 생활이 딱 그렇습니다. 할 일이 많습니다. 일과를 마치고 관사에 와도 바쁘기는 마찬가지입니다.

그런 중에도 여전히 책은 손에서 놓지 않으려 노력합니다. 어떠한 순간에도 양보할 수 없는 일입니다. 지금은 세 권의 책을 읽고 있습니다. 어떻게 세 권을 한꺼번에 읽느냐구요? 지난 인산편지에서 다 말씀드린 바대로 저는 책을 번갈아 가면서 읽습니다.

그 책들 중에 『울고 싶을 땐 사하라로 떠나라』라는 책이 있습니다. 제목부터가 참 마음에 듭니다. "남자, 바람이 되어 떠났다 산이 되어 돌아오다." "일생에 단 한 번은 사하라를 만나라." 진정한 나를 찾기 위해 사막으로 떠난 두 남자의 이야기입니다.

"저녁을 바라볼 때는 마치 하루가 거기서 죽어가듯이 바라보라! 그리고 아침을 바라볼 때는 마치 만물이 거기서 태어나듯이 바라보라."

-앙드레 지드, 『지상의 양식』 중에서

이 책에 나오는 사하라 사막은 진정한 자아를 만나고, 앞으로 남은 생을 진정한 자기 자신으로 살아가기를 꿈꾸는 곳입니다. 지은이가 떠날 때 공항에서 떠올린 앙드레 지드의 위 말은 곧 위대한 '카르페 디엠'입니다.

그런 바라봄은 어떠하겠습니까? 어떠해야 하겠습니까? 매일 매일 접하는 저녁과 아침 중의 하나일리는 만무할 겁니다. 어쩌면 자기의 생에 다시 오지 않을지도 모르는 저녁이고, 아침이라는 마음이어야 그렇게 바라볼 수 있지 않겠습니까?

이런 마음을 담아 오늘 인산이 당신께 묻습니다.
"당신은 당신을 둘러싼 모든 것에 경탄하십니까?"

오늘 하루 당신의 삶이 경탄으로 가득 채워졌으면 좋겠습니다. 당신이 맞는 자연, 당신이 보고 만나는 사람, 당신이 해야 할 일들 등등 당신의 눈에 비치고, 당신의 앞에 놓인 모든 것이 순간마다 새롭기를 원합니다. 그 모든 것에 경탄하기를 원합니다.

-20180323

◆

당신의 퀘렌시아는 어디입니까?

어제는 숨 가쁜 월요일이 지났습니다. 직장생활을 하는 사람들에게는 어디나 월요일의 모습은 비슷할 겁니다. 육체적으로나 정신적, 심리적으로 일주일 중에서 가장 힘든 날, 그러면서도 한 주를 시작하는 묘한 설렘이 있는 날, 이 하루만 지나면 일주일이 금방 지나갈 것 같은 날입니다.

저의 월요일도 마찬가지입니다. 연무대에 온 이후로 저의 월요일은 한 주 중에서 가장 바쁘고 중요한 요일입니다. 한 주도 빠짐없이 매주 월요일이면 새로운 아들들과 부모님이 이곳 연무대를 찾습니다. 일주일마다 새 식구들을 맞이하는 날이라 저와 제 동료들이 가장 바쁜 날입니다.

이미 들어와 있는 훈련병 아들들에게도 월요일은 새로운 훈련에 대한 도전, 긴장, 설렘이 어우러진 날입니다. 아시는 분들도 계시겠지만 이곳 연무대에서 훈련을 받는 훈련병들의 기초군사훈련은 주차별로 이루어집니다. 주차별로 교육 과목이 정해져 있고 시간이 지날수록 강도도 높아집니다. 그래서 우리 아들들에게 있어 훈련소에 있는 동안에 맞이하는 월요일은 늘 긴장되는 날임에 틀림없습니다.

이곳 연무대를 거쳐 간 우리 아들들이 훈련소 생활, 군대 생활을 잊지 못한다고 합니다. 그냥 단순한 이유에서만은 아닙니다. 잊지 못하고, 평생 기억하는 이유가 있습니다.

그것은 다름 아닌 태어나서 처음으로 접해보는 생활, 낯설고 어색한, 때로는 무섭기까지 한, 그래서 정말 가고 싶지 않은 군대지만 막상 들어가서 생활을 해보면 역시 따뜻한 사람들이 살고 있는 곳임을 알기에, 배울 것이 많은 곳임을 알기에, 그만큼 더 성숙해지고 있음을 알기에 그렇다고 저는 생각합니다.

지난 주말에 저는 한 권의 책을 읽었습니다. 『내려올 때 보인다』는 제목이 눈에 띕니다. 한 언론인이 자신이 그동안 만나고 겪어온 경험을 토대로 우리 한국 현대사를 뒤흔든 20명의 이야기를 담은 책입니다.

요즘 우리는 언론에 오르내리는 많은 사람들을 보면서 실망도 하고, 좌절도 합니다. 한때 세상을 호령하던 사람들이었습니다. 권력과 명예와 부귀를 한 몸에 누리던 사람들이었습니다. 그러나 지금 그들의 모습은 어떻습니까? 화무십일홍이라는 말이 생각납니다.

이 책에 실려 있는 사람들 중 일부는 안타까운 사람도 있습니다. 모두를 좋아하는 것은 아니지만 그래도 제가 좋아하는 분이 있어서 선뜻 집어 들었습니다. 많은 후배 군인들로부터 존경을 받는 전 육사교장 민병돈 장군의 이야기가 맨 처음에 실려 있고, 검찰 역사상 가장 강직한 분으로 평가받는 이명재 검찰총장에 관한 이야기도 있습니다.

저는 평소에도 우리가 세상에서 누리는 권력, 명예, 부귀는 한순간이라고 생각하며 살아갑니다. 이 세상에 살아있는 동안에 잠시 주어진 것이기에 많이 가졌다고 으쓱할 것도 없고, 가지지 못했다고 해서 기죽을 필요도 없습니다.

사람의 말과 글은 참으로 묘해서 자꾸 하면 머리에 새겨지고 가슴에 새겨집니다. 사랑한다고 자꾸 말하면 정말 사랑하게 되는 것과 같은 이치입니다. 그래서 그런 말을 자주 하다 보니 이제는 제 신념처럼 굳어져 있습니다. 우리가 살아가는데 있어서 정말 그런 게 중요한 게 아님을, 그런 것들보다 훨씬 더 소중한 가치들이 있음을 저는 확실히 알고 있습니다.

사랑하는 인산편지 가족 여러분!

류시화 시인은 누구나 잘 알고 있는 시인입니다. 시도 감동적이지만 산문도 아주 잘 쓰십니다. 시인의 글을 읽으면 늘 자연의 경이와 삶의 깊이가 느껴집니다. 『새는 날아가면서 뒤를 돌아보지 않는다』 이 책도 그런 책입니다.

시인의 은사인 소설가 황순원 선생님(소나기의 작가)이 시인님께 그런 말씀을 하셨다고 합니다. 시는 젊었을 때 쓰고, 산문은 나이 들었을 때 쓰는 것이라고 말입니다. 그 이유를 이렇게 말씀하셨다고 합니다. 시는 고뇌를, 산문은 인생을 담기 때문이라고 말입니다.

시인은 이 말씀을 늘 기억하면서 글을 쓰신다고 했습니다. 작가의 길을 걸어가는 저 역시 이 말씀을 늘 깊이 새겨야겠습니다. 그러려면 저는 두 가지를 다 해야겠습니다. 지금 아직도 충분히 젊으니 시를 쓰고, 점점 더 나이를 들어가니 산문도 쓰면서 말입니다. 그런 면에서 한 눈에 보아도 인산편지가 딱 제격이라고 생각합니다.

류시화 시인은 『새는 날아가면서 뒤를 돌아보지 않는다』 라는 책에서 우리에게 하나의 생소한 단어를 던져 놓습니다. 퀘렌시아(Querencia)! 투우장 한쪽에 "소가 안전하다고 느끼는, 사람들에게는 보이지 않는 구역이 있는데 투우사와 싸우다가 지친 소는 자신이 정한 그 장소로 가서 숨을 고르며 힘을 모으는 회복의 장소"를 뜻하는 스페인어라고 합니다. 힘든 세상 살아가는 우리에게도 꼭 있어야 하는 장소입니다. 그런 곳이 있어야 우리는 힘을 모을 수 있고, 다시 일어날 수 있고, 진정으로 회복할 수 있기 때문입니다.

오늘 인산이 당신께 묻습니다.
"지금, 당신의 퀘렌시아는 어디입니까?"

저에게 퀘렌시아는 인산편지 외에도 두 곳이 더 있습니다. 한 곳은 바로 우리 훈련병 아들들이 훈련하고 있는 훈련장이고, 한 곳은 민족 복음화와 청년 선교의 요람인 연무대군인교회입니다. 이곳에서 저는 군인으로서 저의 마음을 회복하고, 십자가 군병으로서 저의 신앙을 회복합니다.

보다 더 중요한 것은 '퀘렌시아'가 어떤 특별한 장소가 아닌 바로 당신의 마음속에 자리 잡았으면 합니다. 언제라도 당신의 마음을 편히 쉴 수 있게 하고, 언제라도 다시 힘을 낼 수 있도록 하는 마음의 쉼터가 당신 안에 자리 잡길 원합니다. 당신의 '퀘렌시아'로 인해 당신의 삶이 날마다 더 아름답게 치유되고, 회복되길 원합니다.

-20180327

◆

당신은 지금 기본에 충실하고 계십니까?

경칩도 지나고 참 좋은 봄날입니다. 따뜻하고 포근합니다. 이런 날은 정말 놀러가기 좋고, 운동하기 좋은 날이죠. 그런 만큼 훈련하기에도 좋은 날입니다.

날마다 우리 훈련병 아들들이 훈련하고 있는 현장에 가면 그 멋진 젊음이 느껴집니다. 얼굴에는 생기가 돌고, 눈빛은 초롱초롱 빛납니다. 자신감이 넘칩니다.

특히, 길고 추웠던 겨울, 어쩌면 그들이 삶에서 가장 추웠던 겨울을 이 연무대, 황산벌에서 난 아들들은 더 자신감이 넘칩니다. 무언가를 해냈다는 성취감, 함께 이겨냈다는 전우애, 앞으로 무슨 일이 닥친다 해도 해낼 수 있다는 의지를 엿볼 수 있습니다.

저는 날마다 그 현장에서 그들이 내뿜는 에너지를 받습니다. 누군가 제게 물었습니다. 어디서 그런 열정이 나오느냐구요? 지금 답합니다. 날마다 받는 우리 연무대, 멋진 젊은이들의 에너지로부터 그 열정이 나온다는 것을 말입니다. 날마다 변함없는 열정으로 채워 나가고 싶습니다.

요즘 군에서 역점을 두고 추진하는 것 중의 하나가 '책 읽는 병영'입니다. 우리 장병들이 군 생활을 하면서 늘 책을 접하고, 책을 읽을 수 있도록 많은 부분에서 신경을 쓰고 있습니다.

전방 GOP, 격오지까지 독서카페를 설치했고, 좋은 책도 많이 보급하고 있습니다. 부대별로 독서코칭, 인문학 강의 등 다양한 프로그램을 병행하고 있습니다.

저 역시 '책 읽는 병영'을 위해 선도적인 역할을 하려고 늘 노력합니다. 제가 근무하고 있는 이곳 연무대에도 책 읽는 공간을 만들고, 좋은 책을 많이 확보하여 장병들에게 독서 기회를 주려고 합니다. 이는 기간장병뿐만 아니라 훈련병 아들들에게도 해당됩니다.

과거에는 훈련을 받는 훈련병들이 책을 읽는다는 것이 어려운 일이었지만 지금은 달라졌습니다. 하루하루 주어진 훈련 시간에 충실하고, 자유시간이나 휴일에는 책을 읽을 수 있도록 하고 있습니다.

이를 위해 많은 분들과 만나려고 합니다. 도움을 주실 분들입니다. 내일은 국군문화진흥원 사무총장님을 만납니다. 늘 국군장병들을 위해 애 쓰시는 분이십니다. 그분을 부대로 모셔 인사를 드리면서 '책 읽는 연무대'에 대한 저의 구상, 저의 꿈을 상세히 말씀드리고 도움을 구할 것입니다.

어제는 사무실 책장을 정리하면서 한 권의 책을 손에 집어들었습니다. 국방부에서 배포한 진중문고 중 하나였습니다. 『세계 최고의 인재들은 왜 기본에 집중할까』 도쓰카 다카마사라는 일본사람이 쓴 책으로 '평생 성장을 멈추지 않는 사람들의 48가지 공통점'이라는 부제가 붙어 있습니다.

저자는 세계 최고의 투자은행 골드만 삭스에서의 경험을 바탕으로 직장인들에게 해 주고 싶은 말을 담았다고 합니다. 오늘날 많은 젊은이들이 관심을 가지고 있고, 궁금해 할 내용들을 담고 있기에 베스트셀러가 되었다는 설명도 있습니다.

저자가 골드만 삭스를 비롯하여 세계 최고의 컨설팅 업체인 맥킨지, 그리고 글로벌 리더를 배출하는 명문 하버드 비즈니스 스쿨에서 공통적으로 강조하는 '기본'을 아래 네 가지로 꼽고 있습니다.

1. 다른 사람과의 관계를 소중히 여긴다.
2. 자기계발을 평생 지속한다.
3. 하루도 빠짐없이 성과를 낸다.
4. 글로벌 마인드를 한 순간도 놓치지 않는다.

어떻습니까? 제목만 들어도 가슴에 와 닿습니까? 키워드는 분명합니다. 관계, 자기계발, 성과, 글로벌 마인드입니다. 그런데 저는 이 키워드보다 더 주목하고 있는 게 있습니다. 소중히, 평생, 지속, 하루도, 빠짐없이, 한 순간도… 등입니다.

어쩌면 숨이 막힐 것만 같은 이러한 단어들이 우리 인간의 삶에서 성공한 사람들은 항상 달고 다니는 단어들이라고 합니다. 물론, 겉으로 보이는 것이 전부가 아니듯 그 안을 좀 더 들여다보면 다른 부분은 있습니다. 그래도 숨이 막히는 것은 부인할 수 없습니다.

문득, 기본에 대해 생각을 했습니다. 우리는 늘 말합니다. "기본에 충실하자", "기본을 잊지 말자", "기본으로 돌아가자."고 말입니다. 과연 무엇의 기본입니까? 어떤 것의 기본입니까?

우리 훈련소에서도 훈련병 아들들에게 기초군사훈련을 시키면서 '기본전투기술'이라 하여 개인화기 등 몇 개의 과목을 가르칩니다.

이것도 기본입니다. 기본전투기술입니다. 군인으로서 가장 기본적으로 갖추어야 할 기본자세와 기본전투기술을 가르치는 곳이 바로 대한민국 육군 최고의 부대, 바로 우리 육군훈련소입니다.

그러니 저를 포함하여 우리 육군훈련소에서 같이 근무하는 전우들 모두는 대한민국 육군의 그 누구보다도 '기본'에 충실해야 하고, '기본'에 집중해야 함은 당연합니다. 정신의 기본, 행동의 기본이 늘 저와 우리 전우들의 삶에 스며들어야 합니다.

사랑하는 인산편지 가족 여러분!

저는 세계 최고의 인재들이 기본에 집중했다는 이 책을 읽으면서 이런 물음을 던지고 싶습니다. 꼭 성공해야만 합니까? 숨이 막힐 정도의 그 단어들을 품고 살아야 합니까? 자기계발을 평생 지속해야 합니까? 하루도 빠짐없이 성과를 내야 합니까? 글로벌 마인드를 한 순간도 놓치지 말아야 합니까? 꼭 그렇게 사는 것이 사람의 일입니까?

그런 사람의 일을 생각하며 오늘 저는 '기본'을 생각합니다. 사람으로서 해야 할, 사람으로서 지켜야 할 바로 그 '기본'말입니다.

이런 마음을 담아 오늘 인산이 당신께 드리는 물음은 이것입니다.

"당신은 지금 기본에 충실하고 계십니까?"

-20180307

◆

당신은 지금, 가고 싶은 길을 걸어가고 있습니까?

길

-인산 김인수

길 위에 섭니다
걷다가 잠시 멈추어 섭니다

지나온 길은 등 뒤로 멀어져만 가고
또 가야 할 길이 끝 간 데 없이 펼쳐집니다

걸어가면서도 쉼 없이 길을 묻는 내게
길은 그렇게 그냥 걸어가는 거라는 걸
지나가고 다가오며 말없이 알려줍니다

어떤 길을 택하고 걸어가느냐가 다를 뿐
길은 여전히, 우리 앞에 같이 뻗어 있습니다

길 위에서 살아가고 길 안에서 여물어 가는
우리네 삶은 다른 것 아닌 길 그 자체입니다

가야만 하는 길이 아닌 가고 싶은 길이기에
멈춰 선 길에서 아주 잠깐 동안만 쉬어야 하는,
멈춰 선 길에서 오래 머물 수 없는 이유입니다

참 좋은 아침입니다. 어제 오후부터 날이 많이 풀렸습니다. 기온도 높아 완연한 봄임을 느낄 수 있습니다. 자연은 참 오묘합니다. 한 치의 빈틈도 없습니다. 졸지도, 주무시지도 않으시는 분께서 만들어 가시는 위대한 섭리를 느낍니다.

우리 군인에게 있어 바이블처럼 전해오는 책이 있다면 손자의 『손자병법』, 클라우제비츠의 『전쟁론』, 리델 하트의 『전략론』을 들 수 있습니다. 이중 리델 하트라는 사람은 그 유명한 '간접접근전략'을 주창했습니다.

우리 모두는 개인이든, 조직이든 간에 어떠한 일을 할 때는 목표를 정하고, 그 목표에 이를 수 있는 수단과 방법을 모색하게 됩니다. 자기가 가지고 있는 자원, 능력으로 이룰 수 있는지, 그렇다면 시간은 얼마나 걸릴 것이며, 감수해야 할 위험은 어떤 것인지, 다양한 구상을 하게 됩니다. 그것을 우리는 전략이라고 합니다.

그 전략은 우리가 목표로 하는 중심을 직접 겨냥할 수도 있지만 그렇지 않을 수도 있습니다. 직접 겨냥을 하면 그만큼 빨리 달성할 수 있겠지만, 직접 겨냥하는 것이 또 그만큼 감수하고, 극복해야 할 리스크가 많은 것은 사실입니다. 그래서 '간접접근전략'을 사용합니다.

간접접근전략은 전문 군사용어로 최소저항선, 최소예상선을 지향하는데, 이는 손자가 말한 '공기무비, 출기불의(攻期無備 出期不意 적이 대비하지 않는 곳으로 공격하고, 적이 뜻하지 않는 곳으로 나아가는 것)'와 일맥상통합니다.

어제 저는 함께 근무하는 동료들과 아주 중요한 토의를 했습니다. 조리병 근무여건 향상을 최우선으로 한 급양관리 개선에 관한 토의였습니다.

제가 근무하는 육군훈련소에는 많은 장병들이 연중 끊임없이 훈련을 하고 있습니다. 단일 주둔지로는 세계 최대 규모이기에 하루에 소비되는 쌀의 양만 40kg, 150마대가 됩니다. 그러니 그 무엇보다도 우리 장병들이 건강할 수 있도록 잘 먹는 일이 중요합니다. 그런데 훈련이 연중 이어지기에 조리병을 포함하여 급양관리에 관련된 사람들이 제대로 쉴 틈이 없습니다. 쉽게 말씀드려서 훈련이 없어서 쉬는 주말에도 밥은 먹어야 하기에 취사장은 쉴 틈이 없는 겁니다.

토의에는 각 부대별로 그 일에 관계되는 모든 사람들이 다 참석했습니다. 저는 부대별로 조리병 대표 한 명씩을 반드시 포함시키라고 했습니다. 그들이 토의 현장에서 논의되는 것, 결정되는 것을 생생하게 들어야 가서 동료들에게 제대로 말할 수 있다는 걸 알기 때문입니다. 어쩌면 저나 연대장, 주임원사, 군수과장, 급양관리관 같은 간부들이 말하는 것보다 같은 동료인 조리병 선임자가 말하는 것이 훨씬 더 설득력이 있을 수 있기 때문입니다. 그 역시 간접 접근전략의 최소저항선이라 할 수 있습니다.

토의는 끝장토론이라 하여 일체의 회의록도 없이 2시간 30분 동안 이어졌습니다. 제가 직접 나서서 토의를 이끌어갔습니다. 준비하는 실무자도 회의록이나 보고서를 작성해야 하는 행정적인 부담에서 벗어나 편하게 준비할 수 있었습니다.

지금까지 그 어떤 토의보다도 실속 있고, 진지하고, 마음이 하나로 모이는 토의가 되었다고 생각합니다. 그 자리에 참석하셨던 여러 간부님들도 저와 같은 생각을 하고 계시지 않을까 싶습니다. 물론 제 생각을 강요하는 것은 절대 아닙니다.

모쪼록 우리 조리병들을 포함하여 밤이나 낮이나, 평일이나 주말이나, 비가 오나 눈이 오나 늘 맛있는 식사를 준비해주는 대한민국의 모든 급양관계관 여러분들께 이 자리를 빌려 깊은 감사의 인사를 전하고 싶습니다.

또 우리 독자님들도 대한민국 육군에 입영하는 젊은이들의 절반을 책임지면서, 그 귀한 아들들을 대한민국의 멋진 젊은이, 멋진 군인으로 다시 태어나게 하는 대한민국 정병육성의 요람, 대군신뢰의 최전선, 대한민국에서 가장 중요한 부대인 육군훈련소를 많이 성원해 주시길 부탁드립니다.

사랑하는 인산편지 가족 여러분!

자연, 사람, 사랑을 주제로 한 사유와 성찰의 인산편지에서 가장 많이 다루는 주제 중의 하나가 바로 '행복'입니다. 사람이 살아가는 이유는 행복하기 위함이고, 사람이 살아가는 이유는 사랑하기 위함이기에 사랑과 행복이라는 주제는 인류가 생겨난 이후로부터 지금까지, 또 앞으로도 영원히 이어질 주제임에 틀림없습니다.

프랑스의 코칭 전문가이자 자기계발 전문가인 로랑 구넬은 14년 동안 전 세계를 누비며 인간의 진정한 행복이 무엇인지에 대해 탐구해 왔습니다.

나는 어떤 사람인지, 내 꿈은 무엇인지, 어떤 삶이 내가 원하는 삶인지, 어떻게 살아야 행복한지 그는 이 세상을 살아가는 수많은 사람들의 내면으로 들어갑니다. 그리고는 정면돌파합니다. 피하지 않습니다. 나와 마주하고, 꿈과 마주하고, 두려움과 마주하고, 선택과 마주하고, 드디어 마침내 행복과 마주합니다. 그 수많은 마주함 속에서 자신을 발견하고, 행복을 발견합니다.

"선택은 자신이 하는 겁니다. 살다 보면 어느 순간에는 선택의 폭이 넓지 않을 때도 있고, 선택 자체가 고통스러울 때가 있습니다. 하지만 그런 때도 선택은 해야 합니다. 결국, 삶을 결정하는 것은 자기 자신입니다."

"네가 잘하고 못하는 것을 다른 사람이 대신 선택하게 하지 마라. 네 삶을 선택하고 살아가는 건 네 몫이란다."

"꿈이 실현되지 않았다고 슬퍼하지 마라. 정말 슬픈 삶은 한 번도 꿈을 가져 보지 못한 것이다."

들리십니까? 그가 오늘 우리에게 전하고 싶은 말입니다.

"어떤 길을 택하고 걸어가느냐?" 온전히 당신과 저의 몫인 그 길에서 우리는 어찌해야 합니까? 하루하루 수많은 선택의 연속인 우리의 인생길은 또 어떻게 걸어가야 합니까?

누구나 자신이 가야 할 길이 어떤 길인지 알고 싶을 것입니다. 그걸 알기 위해서는 길 위에 서야 합니다. 잠시 멈추어야 합니다. 길 위의 사색, 길을 가면서도 쉼 없이 이루어지는 사유와 성찰입니다.

길 위에 서지 않으면 길은 가르쳐 주지 않습니다. 매사에 앞만 보고 쉼 없이 달려가면 길은 절대 가르쳐 주지 않습니다. 순간순간 멈추어 서서 물어보아야 합니다. 이 길이 맞는 건지, 내가 잘 가고 있는 건지 끝없이 끝없이 물어보아야 합니다. 참 신기한 것은 물어

보면 가르쳐 줍니다. 늘 길 위에 서본 사람이면 압니다.

오늘 인산이 당신께 묻습니다.
"당신은 지금, 가고 싶은 길을 걸어가고 있습니까?"

지금 당신이 걸어가는 그 길이 다른 누가 시켜서 가는 길이 아니었으면 합니다. 가기 싫은데 억지로 가야 하는 길이 아니길 원합니다. 목적지도 없고, 방향도 없이 그저 그냥 걸어가는 길도 아니었으면 좋겠습니다.

당신이 걸어가는 그 길의 끝에 당신이 원하는 그 무언가가 기다리고 있음을 꿈꾸고, 확신하면서 지금, 이 순간, 당신이 내딛는 걸음 하나하나가 다른 사람들의 이정표가 되는 귀한 길이길 소망합니다. 그런 당신의 길을 인산이 마음 모아 응원합니다.

-20180227

◆

당신은 누구에게 어떤 나무이고 싶습니까?

또 하루가 시작되었습니다. 오늘 이 하루는 우리가 살아온 수많은 하루의 연속이지만, 그 수많은 하루와 다른 하루입니다. 날마다 특별한 하루의 연속이지만 더 특별한 하루입니다. 저와 당신이 맞이한 오늘, 이 하루는 바로 그런 날입니다.

드디어 평창 동계올림픽이 열립니다. 비록 현장에 있지 않기에 그 열기를 느낄 수는 없지만 마음으로는 전해져 옵니다. 영하 10도를 넘나드는 진정한 겨울에, 대한민국의 평창 땅에서 열리는 올림픽이 공정하고 정정당당한 스포츠 제전을 넘어 갈등과 분열의 세계가 하나가 되는 평화의 제전이 되길 마음 모아 소망합니다.

어제는 제게도 아주 특별한 일이 있었습니다. 이곳 육군훈련소에 입영을 하는 우리 아들들은 동화교육과 기초군사훈련을 받습니다. 그 기간이 약 6주 정도입니다. 훈련을 다 마치게 되면 수료식과 면회를 하게 되고, 이틀 후에는 후반기 교육을 받거나, 앞으로 군생활을 하게 될 임지로 떠나게 됩니다.

그 훈련병들을 보내는 역이 연무대역입니다. 아주 특별한 역이죠. 대한민국에 하나밖에 없는 역입니다. 번듯한 건물도 없고, 사람들의 왕래도 없는 역입니다. 오직 우리 아들들이 연무대를 떠나 조국의 산하를 지키러 전·후방 임지로 떠날 때만 이용하는 역입니다.

이 땅을 지켜온 수많은 할아버지, 아버지, 형들의 땀과 눈물이 서린 역입니다. 기대와 설렘, 때로는 약간의 두려움과 긴장이 깃든 곳입니다. 떠나가는 군인, 떠나보내는 군인들의 뜨거운 헤어짐만이 있는 곳입니다. 그래서 우리 대한민국에서 하나밖에 없는 특별함이 있는 역입니다.

그 연무역에서 올해 첫 번째 야전을 향해 떠나는 이등병 아들들을 보내는 환송행사를 했습니다. 첫 행사이기에 상급지휘관이 주관하는 회의에도 잠시 빠지고 그 역을 찾았습니다. 감회가 새로웠습니다. 뜨거움이 밀려왔습니다. "연무역에서 눈물을 흘려보지 않은 군인은 훈련소 군인이 아니다." 우리 전우들을 만날 때마다 숱하게 외쳐온 그 연무역입니다. 제가 작가로 등단한 작품의 제목이 「연무역에서」일 정도로 제게는 이 세상에서 가장 의미 있는 역입니다.

우리 아들들이 앉아 있는 열차에 올랐습니다. 비록 저와 많은 시간을 함께 하지는 못했지만, 그동안 자주 훈련장을 찾았기에 제가 누구인지 우리 아들들은 알아보았습니다. '사랑합니다.'를 외치며 손을 머리 위로 올렸습니다.

저는 우리 아들들을 그냥 보내지 않았습니다. 가장 추울 때에 군에 들어와 이곳 연무대에서 소중한 젊은 날의 시간들을 보낸 우리 아들들, 이곳을 거쳐 간 수많은 남자들의 땀과 눈물이 스며있는 땅에 자신들의 땀과 눈물을 보탠 우리 아들들, 그들이 앞으로 펼쳐갈 군 생활이 참으로 의미 있고, 소중하고, 행복하기를 마음으로 기도했습니다.

한 명 한 명 눈을 마주치고, 손을 잡아주고, 안아주었습니다. 뜨거운 남자의 정으로, 사랑하는 어버이의 마음으로 그들을 보냈습니다. 이제 그들은 어떠한 곳에서 생활하더라도 훌륭하게 군 복무를 마칠 겁니다. 그리고 앞으로 이 나라를 이끌어 갈 주역으로 당당히 설 것입니다. 저는 확신합니다.

사랑하는 인산편지 가족 여러분!

어쩌다 보니 오늘의 편지는 '훈련소 편지'가 되었습니다. 군대는 제 삶의 가장 중요한 부분이니 가장 애정이 갈 수 밖에 없는 곳입니다.

저는 나무를 참 좋아합니다. 제가 나무를 좋아한다고 말하면, 어떤 나물을 잘 먹느냐고 물어보는 분들도 계십니다. 나물이 아니고 나무입니다.

나무를 좋아하는 차원을 넘어 제 자신이 스스로 나무라고 생각하고 있습니다. 다른 사람들에게, 그 어느 누군가에게는 특별한 나무입니다. 무슨 나무, 어떤 나무가 중요한 게 아니라 그냥 나무라는 것 자체가 중요합니다. 류시화 시인의 시 「나무」라는 시를 좋아하는 이유입니다. 류시화 시인이 전하는 나무가 바로 그런 나무입니다.

"하늘을 보고 싶다고 하면/나무는/저의 품을 열어 하늘을 보여 주었다."

이처럼 나무는 누구에게나 등을 기대게 해주고, 잎들을 반짝여 주고, 품을 열어 하늘을 보여 주게 해주고, 새들을 불러 크게 울어 주기도 합니다. 때로는 비도 가려 주고, 바람으로 숨으로 한숨도 지어줍니다. 그것뿐입니까? 버림의 의미까지 가르쳐 줍니다.

오늘 이 특별한 아침, 저는 당신도 그런 나무가 되길 원합니다. 당신이 살아가는 세상에서 그런 나무로 서길 원합니다. 당신이 사랑하는 사람들에게 그런 나무가 되어 주길 원합니다. 사랑하는 사람들이 살아갈 이 세상을 변함없이 아름답게 지켜주는, 당신이 그런 나무이길 바랍니다.

"당신은 누구에게 어떤 나무입니까?"
오늘 인산이 당신께 묻습니다.

그리고 저는 대답합니다. 연무역에서 우리 이등병 아들들을 보내며, 저는 다짐하고 또 다짐했기에 머뭇거리지 않습니다. 앞으로 수많은 시간들을 이 연무대 땅을 누비며 늘 새길 것이기에 바로 답할 수 있습니다. 조국의 나무, 연무대의 나무가 되어 이 나라를, 우리 훈련병 아들들을 그렇게 지킬 것이라고 말입니다.

-20180209

2부

지금, 당신의 인생은 환합니까?

◆

당신의 영원한 사랑은 무엇입니까?

상쾌한 월요일 아침입니다. 새로운 한 주가 시작되었습니다. 가슴 떨리도록 황홀했던 지난 한 주를 보내고 맞이한 주말, 그 떨림이 흐려지지 않고 몸과 마음을 한없이 움직였습니다. 그 기분을 어떻게 표현해야 제대로 전달할 수 있을까요?

지난주 목요일과 금요일, 저는 강의 차 동료 김현우 대위, 황호산 상병과 함께 서울에 다녀왔습니다. 목요일 14시에 군 장병들을 대상으로 독서코칭을 하는 강사님들 앞에 처음 섰습니다. 그 시각 판문점 통일각에서는 저의 육사동기생이자 친구가 남북장성급회담 수석대표가 되어 역사적인 회담에 임하고 있었습니다.

저는 강의 서두에 선생님들께 말씀드렸습니다. 한 명의 군인은 판문점 통일각에서, 한 명의 군인은 강남 한복판에서 각자 처소는 다르지만 이 나라의 미래를 좌우하는 중요한 임무를 띠고 서 있다고 했습니다. 그 시각 저와 함께 하는 그분들이 얼마나 중요한 일을 하는 분들인지를 저는 그렇게 표현했습니다.

정말 그랬습니다. 대한민국 육, 해, 공군과 해병대의 장병들에게 독서코칭를 하시는 250여 명의 선생님들은 그야말로 대한민국 군대의 미래, 대한민국의 미래를 위한 중차대한 일을 하고 계신 것입니다. 왜냐하면 그분들이 만나고, 가르치고, 보듬어야 할 그 젊은이들, 장병들이 곧 군의 미래이고 나라의 미래이기 때문입니다.

이어서 저의 대표시라 할 수 있는 「유월에 나는」을 낭송하고, 대한민국 군의 사명과 현재 모습, 그리고 앞으로의 비전에 대해 말씀드렸습니다. 정병육성의 요람인 육군훈련소 장병들을 대상으로 확인한 독서에 대한 생각과 육군훈련소에서의 저의 사역, 연무대 인문학 특강에서 언급했던 독서 제언도 소개했습니다.

"책을 읽는 것은 삶을 그린 위에 올려놓은 것이다." "책은 가장 편안하게 찾을 수 있는 가정교사다."라는 말을 언급하면서 "왜 군인이 책을 읽어야 하는가?"에 대해 고려시대의 무인정권과 여몽전쟁의 참혹한 아픔을 되새기며, 그 시대를 잊지 말자고 강조하였습니다.

"무지한 전사의 손에 쥐어진 총칼은 폭도의 흉기보다 위험하다." 왜 그런지, 그 이유를 제3차 여몽전쟁 시 송문주 장군과 백성들의 15일 간에 걸친 항쟁 끝에 승리를 거둔 곳, 죽주산성에서 절절한 마음으로 읊었던 졸시 「죽주산성에서」를 낭송하는 것으로 답했습니다.

그분들 앞에서 저는 강조하고 다짐했습니다. 이 땅에 더 이상 참혹한 전쟁이 있어서는 안 된다고, 손자가 말한 "부전이굴인지병(不戰而屈人之兵)이 선지선자야(善之善者也)라", 싸우지 않고 이기는 군대를 만들겠다고, 그런 군대를 만드는 데 저의 미력한 힘이나마 다 쏟겠다고 말입니다. 그리고 그런 군대가 되기 위해서는 장병들이 책을 읽어야 한다고 했습니다. 무지한 전사, 무식한 군인이 되어서는 안 된다고 했습니다. 수많은 사람의 목숨을 앗아간 승리는 더 이상 위대하지 않다고 했습니다. 강의 중간 중간에 뜨거운 박수를 많이 받았습니다. 부족한 저의 강의를 뜨거운 마음으로 받아주신 선생님들께 이 자리를 빌려 감사의 마음을 전합니다.

제 강의를 들은 여러 선생님들께서 인산편지 독자님이 되셨습니다. 소감도 보내주셨습니다. 그 생생한 반응을 잠깐 소개해 드리겠습니다. 지면 관계 상 몇 분의 내용만 요약해서 올립니다.

"소름끼치도록 단단한 흡입력과 진정성이 있는 장군님의 강연을 듣고 감동 받았습니다. 시간이 짧아 정말 아쉬웠습니다. 인문학과 나라사랑을 겸비하신 장군님이 계셔서 우리나라가 더 자랑스러웠습니다. 이 감동을 새기며 제가 맡은 병영코칭 용사들의 변화와 성장을 위해 도전해 가겠습니다."

"군인의 사명감과 감성이 함께 공존하는 장군님의 철학이 전해지는 강의를 접하고 감동받았습니다. 작년 철원 백골부대 독서코칭에 이어 올해는 17사단 305포병대대로 갑니다. 장군님 기대에 어긋나지 않게 뜻 깊은 시간을 만들어보겠습니다."

"어제 준장님의 강연을 들으며 감동을 받았어요. 군인으로서 시를 쓰시는 분이 계시다는 것도 놀랍고, 몽골침략의 역사를 말씀하시며 한민족 백성들이 당했을 고통에 진심으로 공감하시는 모습에 감동을 받았습니다.

싸우지 않고 국민들을 지키겠다 말씀하신 것과 무지한 전사의 손에 쥐어진 총칼에 대한 이야기가 인상 깊어서 제 sns와 모임 게시판에 글을 공유하였어요. 대한민국 육군 준장 김인수 선생님이라 출처도 밝혔습니다.

우리나라 군대가 정말 좋은 방향으로 발전해가는 중이구나 하는 마음이 드네요. 저도 더 진정성 있고 의미 있는 독서코칭을 장병들께 전하기 위해 노력할게요.^^"

"솔직히 말씀드리면, 저는 평화주의자이고 과거 군인 조직에 대한 편견과 부정적인 인식이 있었던 게 사실이에요. 그런데 어제 강연을 듣고 생각이 바뀌었습니다. 아, 우리나라 군에도 저런 분이 계시구나. 저렇게 건강한 가치관을 가진 분이 책임자의 자리에 계시니 다행이다, 하는 마음이 들었어요. 늘 그 마음으로 나라를 지켜주시길 부탁드립니다. 저 또한 제 자리에서 부끄럽지 않도록 노력할게요.^^"

"오늘 독서코칭 연수 때 감동받은 한 사람입니다. 힘 있는 강의에 영향력 있는 마음까지… 감동받을 수 있는 영광을 주셔서 진심으로 감사합니다. 좋은 교육자가 되겠습니다. 아울러 준장님의 거룩한 삶을 축복합니다."

참으로 감사할 따름입니다. 제 강의로 인해 군에 대한 인식이 바뀌셨다는 분까지 계시니 더할 나위 없이 큰 보람을 느낍니다. 특히 더욱 감사했던 것은 인산편지 독자님들 몇 분이 자발적으로 찾아주셔서 제 강의를 들으셨다는 것입니다. 그 독자님들께도 깊이 감사드립니다.

금요일 오전, 또 한 번의 강의를 마치고 연무대로 내려오면서 저는 생각했습니다. 대한민국의 장병들이 책을 읽도록 하는 것이, 그것도 좋은 책을 읽도록 하는 것이, 그래서 인문학적 소양을 갖춘 젊은이로 거듭나도록 하는 것이 앞으로 제가 역점을 두고 해야 할 일이라는 것을 말입니다. 그것이 우리나라의 미래를 위한 일이라는 생각을 더욱 확고하게 새겼습니다.

사랑하는 인산편지 가족 여러분!

지난 주말에는 제가 몸담고 있는 연무대군인교회 훈련병 아들들의 세례식이 있었습니다. 3,000명이 넘는 아들들이 세례를 받았습니다. 그리고 일요일 저녁 예배 시에는 성찬식을 가졌습니다. 예배당을 가득 메운 그들을 보면서 가슴이 벅찼습니다. 찬송을 부르며 뜨겁게 열광하는 그들을 축복하며 기도했습니다.

이 나라의 군인이 되고자 무더위 속에서 진한 땀을 흘리고 있는 자랑스러운 젊은 아들들, 그들의 땀 냄새가 그렇게 좋을 수가 없었습니다. 그들과 함께 호흡하고 그들과 함께 열광하다 보면 그렇게 가슴이 뜨거워지는 체험을 하게 됩니다.

지난주에 있었던 강연과 주말 동안의 예배가 한데 어우러져 지금 이 순간에도 그 감동이 제 마음을 움직이고 있습니다. 저는 또 다짐합니다. 이 멋진 젊은이들이 마음 놓고 책을 읽을 수 있는 병영, 더 좋은 책을 구하고 읽을 수 있는 병영을 만드는데 혼신의 노력을 다하겠습니다.

그래서 어떠한 안보상황 속에서도 이 나라를 굳건히 지키는 군대, 국민의 소중한 생명을 구하고 참혹한 고통을 겪지 않도록 하는 군대, 전쟁을 억제하고 싸우지 않고도 승리하는 군대, 이 나라를 더욱 올바르게 지키는 군대, 군인이 되도록 노력하겠습니다. 뜨겁게 기도하고 또 기도했습니다.

대한민국 군대를, 장병들을, 대한민국을 저는 뜨겁게 사랑할 겁니다. 영원히 사랑할 겁니다.

오늘 인산이 당신께 묻습니다.
"당신도 저와 함께 하시지 않겠습니까?"
"당신이 영원히 사랑할 그것은 무엇입니까?"

이 물음을 붙들고 오늘 하루도 행복하시길 마음 모아 소망합니다.

-20180618

지금, 당신의 일은 무엇입니까?

새벽에 눈을 떴습니다. 눈을 뜨자마자 가장 먼저 드는 생각은 하루가 제게 주어졌다는 것, 그래서 참으로 감사하다는 것입니다. 일부러 애써 생각하는 것이 아니고 매일 매일 자연스럽게 드는 생각입니다.

제게 주어진 하루에 감사하는 것, 당신에게 주어진 하루에 감사하는 것, 그것을 알고 행하는 것에서 우리의 모든 것은 시작되어야 합니다. 그것이 세상의 모든 지식과 지혜를 합한 최고의 인문학입니다.

벌써 금요일입니다. 월요일이 시작되면 어느새 금요일입니다. 그만큼 시간이 빨리 지나갑니다. 시간이 빨리 지나간다는 것은 크로노스의 삶이 아니라 카이로스의 삶을 살아간다는 뜻입니다.

당신은 혹시 서울에서 부산까지 가장 빨리 가는 방법이 무엇인지 아십니까? 김포공항에 가서 국내선 비행기를 타고 가는 방법? 서울역에서 가장 빠른 기차를 타고 가는 방법? 고속버스를 타고 버스전용도로를 질주하는 방법? 등등 여러 가지가 떠오를지도 모릅니다.

그런데 답은 이 중에 있지 않습니다. 바로 사랑하는 사람과 같이 가는 것입니다. 이유는 분명합니다. 사랑하는 사람과 함께하는 시간은 크로노스의 시간이 아니라 카이로스의 시간이기 때문입니다.

지금, 이곳 연무대에서의 저의 시간들은 온전히 카이로스의 시간들입니다. 하루하루 일정표를 채우고 있는 저의 크로노스의 시간들에는 채워지지 않는 소중하고, 따뜻하고, 설레는 시간들이 저의 카이로스의 시간들을 채우고 있습니다.

행복하게 살아가는 것이 무엇이냐고요? 어떻게 해야 행복하게 살 수 있느냐고요? 인류가 세상에 난 이후에 지금까지도 그치지 않고 변함없이 이어지고 있는 그 질문에 대한 저의 대답은 바로 이것입니다.

"오늘, 지금, 이 순간순간을 살아가는 것, 당신에게 주어진 지금 이 시간을 카이로스의 시간으로 채우는 것"입니다. 이것이 아리스토텔레스, 톨스토이, 샤하르 등의 행복론에 감히 필적할 수 있는 저의 행복론입니다.

저는 어제 저녁, 저의 삶을 그런 시간으로 채웠습니다. 다 아시다시피 제가 근무하고 있는 연무대는 정병육성의 요람입니다. 1951년 11월 1일 창설 이래 지금까지 변함없이 그 임무를 수행하고 있습니다.

한 해 육군에 입영하는 젊은이의 45%가 이곳을 거칩니다. 그러니 당연히 훈련소장님으로부터 이등병 분대장에 이르기까지 모든 기간장병들은 오직 훈련병들을 위해서 존재합니다.

그 일선에서 교육을 담당하고 있는 사람들이 교육대장입니다. 연무대에는 많은 교육대가 있습니다. 모든 신병교육은 그 교육대 단위로 이루어지기 때문에 실질적으로 신병교육의 현장 최고지휘관이 교육대장인 것입니다.

이곳에서 중대장, 연대장을 한 저는 교육대장이 얼마나 중요한 사람들인지, 얼마나 많은 수고를 하는지, 얼마나 많은 땀과 눈물을 이곳 연무대에 뿌렸는지 잘 알고 있습니다.

그들의 노고에 감사하고, 격려하는 조촐한 자리를 가졌습니다. 참으로 행복했습니다. 같은 꿈을 꾸면서 같은 길을 가는 분들, 제가 사랑하는 멋진 그 분들과 함께 하는 카이로스의 시간은 정말 쏜살같이 흘러갔습니다.

맛있는 음식을 먹고, 카페에서 차도 한 잔 나누며 마음을 나누었습니다. 함께 마음을 나눈 그분들께 다시 한 번 감사의 마음을 전하고 싶습니다. 그리고 한 번으로 그치지 않고 앞으로 다른 많은 분들과도 그런 행복한 시간을 만들 것입니다.

저는 지금 소중한 꿈을 꾸고 있습니다. 우리 교육대장 이하 전 중대장, 소대장, 분대장들, 행정병들, 그리고 제가 이곳에 존재하는 의미인 우리 훈련병 아들들이 행복한 연무대를 만드는 꿈을 꿉니다. 그리고 그 꿈을 이루기 위해 날마다 가슴이 뛰는 삶을 살아가고 있습니다.

저는 알고 있습니다. 제가 꾸는 꿈이 얼마나 소중한 꿈인지를요. 그 꿈이 이루어져야만 이곳 연무대를 거쳐 가는 귀하고 소중한 우리의 아들들을 진정한 사랑으로 아끼고 보듬어 갈 수 있다는 것을요. 아들을 군에 보내고 안타까운 마음으로 발길을 돌리는 이 땅의 수많은 엄마, 아버지들의 눈물을 기쁨과 대견함과 자랑스러움의 눈물로 바꿀 수 있다는 것을요.

사랑하는 인산편지 가족 여러분!

저는 지금 수많은 젊은이들의, 아니 그들의 할아버지와 아버지, 형, 선배들의 땀과 눈물이 스민 땅! 그들의 수많은 엄마, 누나, 여동생, 여자친구들의 눈물이 스민 숭고한 땅 위에 서 있습니다.

그 위에 서 있는 저는 제 일이 무엇인지 알고 있습니다. 날마다 그 일이 무뎌지지 않도록 깊은 밤에, 이른 새벽에 홀로 깨어 사유하고 성찰하며 다짐하는 삶을 살아가고 있습니다. 날마다 연무대 땅을 누비며 제 전우들에게, 동료들에게 목소리 높여 외치고 있습니다.

오늘, 연무대에서 저의 첫 인문학 강의가 있습니다. 새로 시작하는 소통과 공감, 작가와의 대화입니다. 그 생각을 하니 지금도 가슴이 뛰닙니다. 빨리 그 시간이 왔으면 좋겠습니다. 많은 전우들이 참석하겠다고 합니다. 강의 장소도 처음에 생각했던 장소가 좁아서 다른 곳으로 옮겼습니다. 모든 것이 기쁨이요, 은혜입니다.

많은 인산편지 독자님들께서 제게 말씀하십니다. 인산편지 독자들하고는 언제 그런 시간을 가질 거냐고요? 당연히 가질 겁니다. 꼭 기다려 주십시오.

이런 마음을 담아 인산이 당신께 묻습니다.
"지금, 당신의 일은 무엇입니까?"
"지금, 당신이 꼭 해야 할, 하고 싶은 일은 무엇입니까?"

그 일을 생각하십시오. 오늘 하루 그 일을 꼭 붙드십시오. 그 일을 기쁨으로 감당하십시오. 그 일을 소중하게 보듬어 가십시오. 그 일이 곧 당신이기 때문입니다.

-20180202

지금, 당신의 인생은 환합니까?

어제는 밤늦게 설핏 잠이 들었다가 화들짝 놀라 깼습니다. 사방을 둘러보니 깊은 어둠에 잠겨 있고, 책상 위의 스탠드만 홀로 빛나고 있습니다. 늦게 퇴근하여 책상 앞에 앉아 책을 보다가 잠시 의자에 머리를 기댔는데 그 새 잠이 들었던 모양입니다.

저는 잠을 잘 자는 편입니다. 그것도 깊게 잡니다. 한 번 자면 중간에 일어나는 일은 거의 없습니다. 그래서 그런지 잠깐을 자고 일어나도 그리 피곤하지는 않습니다.

제가 하루에 몇 시간을 자는지 궁금해 하시는 독자님들도 계십니다. 하루도 거르지 않고 매일 장문의 편지를 쓰는 사람이니 그런 생각이 드는 게 당연합니다. 저는 평균 4시간에서 많으면 5시간 정도 잠을 잡니다. 그런데 이런 질문을 받을 때면 저는 제일 먼저 감사의 기도부터 드립니다.

인산편지를 쓰기 시작한 이래로 5년 동안 훈련이나 주말을 제외하고는 "오늘은 작가의 사정상 인산편지를 배달하지 못합니다."라는 말을 독자님들께 전한 적이 없었습니다.

한 번 생각해 보십시오. 제가 만약에 편지를 쓰지 못할 정도로 번거로운 일이 있거나, 심하게 아팠거나, 술이 떡이 되어 몸을 가누지도 못할 정도가 된 날이 하루라도 있었으면 분명 그렇게 하지 못했을 일입니다. 제가 술을 많이 마시지도 않지만, 단 하루라도 과음을 해서 인사불성이 되었으면 정말 그렇게 하지 못했을 일입니다.

굳이 비유하자면 5년 간 개근을 한 셈입니다. 흔히 말하곤 하죠. 우등상보다 더 가치 있는 상이 개근상이라고요. 누가 시키지 않았음에도, 돈이 나오는 일이 아니었음에도 그 5년 동안 한결같은 마음으로 편지를 쓰고, 보낸 것이니 다른 무엇보다도 그 점만은 제 스스로를 칭찬하고 싶습니다.

그렇게 인산편지를 써 오면서 저는 귀한 분들을 많이 만났고, 또 지금도 만나고 있습니다. 한 번도 얼굴을 직접 뵌 적은 없지만 날마다 온라인을 통해 만나는 분들이 많습니다. 이제는 매일 매일 답장을 거르지 않는 분들도 꽤 많습니다.

저는 그분들과 단순히 편지를 주고받는 게 아니라 마음을 주고받습니다. 일일이 다시 답장을 드리지 않아도 한 분 한 분 다 소중하게 제 마음에 담고 있습니다. 이 자리를 빌려 깊은 감사의 마음을 전하고 싶습니다.

특히, 인산편지의 애독자이신 어느 선생님께서 어제 이런 답장을 보내주셨습니다. 적지 않은 연세에도 불구하고 늘 공부하시는 분이십니다. 가히 인문학 전도사라고 불러드려도 될 만큼 넓고 깊으신 분입니다. 인산편지를 많이 아껴 주시고, 부족한 저를 많이 성원해 주시는 분이십니다.

"저는 요새 박○○ 교수님의 열하일기 강의를 듣고 있습니다. 도서관에서 하는 인문학강좌인데 듣고 배우는 것이 참으로 많습니다. 젊은 강사분이 인문학에 대해 정의를 내리시는 걸 듣고 조용히 자신을 돌아보는 계기가 되었습니다.

자본주의(돈이 주인인 주의) 시대에 인문학이 큰 도움이 되지 않으나, 돈보다 인간에 대해 배려와 성찰을 촉구한다는 점에서 인문학의 소중한 가치가 있다는 말씀에 공감하였습니다. 일주일에 한 번 듣는 강의지만 참 좋은 강의라는 생각이 듭니다.

오늘의 유행가가 훗날 고전의 시조가 된다는 말에는 고개가 끄덕여집니다. 사실 저는 인산편지를 통해 인문학 강의를 매일 들으니 얼마나 행복한 사람인지 모르겠습니다. 돈을 떠나 헛된 욕망을 자제하고 고전의 향기에 취할 수 있다는 사실에 만족하며 행복을 느낍니다."

사랑하는 인산편지 가족 여러분!

어제 어느 분께서 이런 신문기사 내용을 올려주셨습니다. 우리나라 대학생 절반이 성공을 위해선 부모의 재력이 필수라고 조사된 내용이었습니다. 지난 17일 김희삼 광주과학기술원 교수(KDI 겸임연구위원)가 최근 발표한 '청년의 성공요인에 관한 인식조사' 결과에 따르면 한국 대학생이 뽑은 성공요인 1순위는 '부모의 재력'(50.5%)이었다고 합니다.

'재능'이나 '노력'이 성공의 밑거름이라고 본 중국, 일본, 미국 대학생들과는 대조적입니다. 이들 3개국 대학생들은 2순위나 3순위로도 부모의 재력을 꼽지 않았지만, 유독 우리나라 대학생들은 부모의 재력에 이어 성공 요인 2순위로 '인맥'(33.5%)을 골랐다는 것입니다.

성공하는 데 있어 중요한 것에 자기 자신은 없고, 다른 사람, 다른 요인만 있는 것입니다. 부모의 재력, 다른 사람들과의 인맥이 있는 것입니다. 얼마나 안타까운 생각인지 심히 우려하지 않을 수 없습니다. 언제부터 우리 젊은이들이 이렇게 생각하고 있는지 걱정이 됩니다.

어쩌면 자업자득입니다. 그 누구를 탓할 것도 없습니다. 우리 모두의 잘못이고, 우리 어른들의 탓입니다. 인성보다는 실력을, 꿈보다는 현실을, 재능보다는 물질을 더 중요시 한 결과입니다. 그러나 이제는 달라져야 합니다. 잃어버렸던 소중한 가치들, 되새겨야 할 귀한 의미들을 우리의 삶 가운데 자리 잡게 해야 합니다.

성공은 온전히, 오롯이 자신의 힘으로 이루어가야 하는 거죠. 그게 맞는 것이죠. 아니, 그 이전에 성공에 대한 생각과 기준을 올바르게 다시 정립해야만 하는 것이죠. 그게 올바른 사회이고, 올바른 나라인 겁니다. 우리의 자녀들이, 후손들이 그런 세상, 그런 나라에서 살아갈 수 있도록 해야 할 책임이 바로 저와 당신께 있는 겁니다.

이런 마음을 담아 오늘 인산이 당신께 묻습니다.
"지금, 당신의 인생은 환합니까?"
이 물음을 붙들고 나아가는 하루가 되시길 빕니다.

지금 당신의 인생이 환한지, 어두우면 왜 어두운지, 왜 환해야 하는지, 환하고 싶으면 어떻게 해야 하고, 어떻게 살아가야 하는지 성찰하는 오늘 하루가 되시길 빕니다.

부디 당신의 인생이 환했으면 좋겠습니다. 저와 당신의 인생이 환해서 이 세상을 밝게 빛나게 할 수 있다면 우리가 사는 세상이 조금이나마 더 밝고 환하지 않겠습니까?

-20180419

당신은 날마다 무엇과 작별하십니까?

상쾌한 목요일 아침입니다. 시간이 정말 빨리 지나가고 있습니다. 한 주가 시작되었다 싶으면 어느새 주말이 다가오고 있고, 한 달이 시작된 게 엊그제 같은데 금방 중반을 향해 치닫고 있습니다.

시간에 대한 생각들은 사람마다 다 다릅니다. 공부하는 학생들은 빨리 시간이 지나가 공부에서 해방되면 좋겠다는 생각을 할 테고, 군에 처음 들어온 우리 아들들, 군 생활을 하는 용사들은 빨리 시간이 지나가 전역을 하면 좋겠다고 생각할 겁니다.

물론, 그냥 그렇게 생각하는 것입니다. 생각만입니다. 실제로는 할 수도 없고, 될 수도 없는 일이기 때문입니다. 다만, 한 가지는 분명한 사실이죠. 대추 한 알이 붉게 익기까지는 물리적인 시간이 반드시 필요하다는 것을, 그 안에는 태풍도, 천둥도, 벼락도, 번개도, 또 무서리도 다 들어있다는 것을 말입니다.

그것이 들어있지 않으면 익을 수 없습니다. 익지 못하는 것입니다. 물리적인 시간, 절대적인 그 시간 속에 담겨 있는 땀과 눈물을 온 마음으로, 온 몸으로 겪어내지 않으면 결코 익어갈 수 없는 것이 우리의 삶입니다.

나이를 먹으면 먹을수록 하루, 하루가 더없이 소중합니다. 그냥 보내기 싫습니다. 우리 모두는 각자에게 주어진 이 하루가 제 삶에 얼마나 소중한 것인지, 그게 어떤 의미인지 사유하고 성찰해야 합니다.

어제는 한 예하 부대로부터 초청을 받았습니다. 훈련병들 교육을 다 마치고 교육준비기에 있는 연대입니다. 교육준비기는 지휘관으로부터 전 장병이 휴가도 다녀오고, 전적지 답사나 체육대회 등을 통해 심신을 위로하면서 재충전하는 기간입니다. 그 프로그램에 '작가와의 대화'를 편성하여 제게 인문학특강을 요청했습니다.

독자들이 원하면, 독자들이 오라고 하면 어디든지 가는 것이 작가의 책무이겠죠. 저는 아주 기쁜 마음으로 응했습니다. 나름 준비도 했습니다. 가서 보니 채 예상하지 못했는데 연대 전 장병이 다 참석한 것이었습니다.

그들과 함께 진정한 인문학적 사유와 성찰에 대해 깊이 생각해 보는 시간을 가졌습니다. 헤르만 헤세의 시 「아름다운 사람」, 손로원 님의 「봄날은 간다」를 노래로 듣고, 며칠 전에 제가 쓴 「유학산에 핀 꽃」을 직접 낭송하였습니다.

그 시와 노래를 통해 저는 지금 우리가 누리고 있는 봄날, 우리 곁에 있는 봄날이 가고 있음을 느끼면서 그 봄날이 어떤 의미가 있는지, 만약에 우리의 인생에서 마지막 봄날이라면 어떻게 보내야만 하는지에 대한 물음을 던졌습니다.

그러면서 우리 곁에 있는 모든 것들을 그냥 스쳐 보내지 말아야 한다고, 나의 삶과는 무관한 것으로 치부하면서 살아서는 안 된다고 했습니다. 인문학은 '남을 남이 아닌 나처럼 여기는 것'에서 시작됨을, 그래서 두 젊은 조종사의 죽음에 기꺼이 눈물을 흘리며 추모시를 올릴 수 있어야 함을 강조하면서 말입니다.

비록 1시간이 약간 넘는 짧은 시간이었지만, 저를 초청해 준 을지문덕연대 전 장병 여러분께 이 지면을 빌려 감사의 마음을 전합니다. 다른 부대에서도 불러주기만 하면 강의료 한 푼 받지 않고 재능기부를 통해 '어떻게 살아야 할 것인가'에 대해 사유하고 성찰하는 시간들을 드릴 수 있도록 노력하겠습니다.

사랑하는 인산편지 가족 여러분!

중국 고전인 노자에 보면 '공수신퇴(功遂身退)'라는 말이 나옵니다. 물러날 때와 장소를 구분하지 못하는 어리석음을 빗댄 말입니다. 공을 세우고 자리를 오래 차지하면 안 되며, 스스로 물러나지 않고 버티고 있다 보면 결국에는 해를 당하게 되어 있다는 의미입니다.

머리로는 알지만 가슴으로는 부족한 게 우리 인간의 삶입니다. 족한 줄 알아야 하는데 그치지 않습니다. 욕심 때문입니다. 자제해야 하고, 내려놓아야 하는데 그러지 않습니다. 살아가면서 안분지족, 과유불급의 가르침을 늘 새겨야 하는 이유입니다.

안녕, 안녕, 한 곳에게 또는 다른 곳에게,
모든 입에게, 모든 슬픔에게,
무례한 달에게, 날들로 구불구불 이어지다가
사라지는 주(週)들에게,
이 목소리와 적자색으로 물든
저 목소리에 안녕, 늘 쓰는
침대와 접시에게 안녕,
모든 작별들의 어슴푸레한 무대에게,
그 희미함의 일부인 의자에게,
내 구두가 만든 길에게

-파블로 네루다, 「작별들」 중에서

노벨문학상에 빛나는 세계적으로 아주 유명한 시인 파블로 네루다의 시 「작별」은 우리를 둘러싸고 있는 모든 것들에 대한 작별, 나의 전 생애에 걸친 작별에 대해 얘기하고 있습니다.

긴 시이지만 음미하면 음미할수록 의미가 더해집니다. "마치 빵이 날개를 펴 갑자기/식탁의 세계에서 달아난다"는 표현처럼 작별을 멋지게 표현한 말도 또 없을 겁니다. "돌아가는 사람은 떠난 적이 없다는 말"처럼 작별은 아주 단호하고 냉정해야 함도 느낍니다.

사유와 성찰은 아직도 많은 것들과 작별하지 못하고 무거워 뒤뚱거리고 있는 제 모습으로 돌아보게 합니다. 무엇이 그리 아까워서, 무엇이 그리 탐이 나서, 무엇이 그리 되고 싶어서 세상의 욕망이란 욕망은 다 붙들고 놓지를 못하는 제 자신 말입니다.

이젠 놓아야겠습니다. 비워야겠습니다. 그래야만 새로운 것을 만나고, 새로운 것을 담을 수 있지 않겠습니까? 그리 많이 남아 있지 않은 삶이란 걸 잘 알고 있으면서도 지금 하지 않으면 언제 할 겁니까? 제 자신에게 묻고 또 묻습니다. 욕망과 작별하고 경건을 담고 싶습니다. 욕심과 작별하고 나눔을 담고 싶습니다. 미움과 작별하고 용서를 담고 싶습니다. 그리고 수없이 많은 이기적이고 세속적인 생각과 행동들과 작별하고 싶습니다. 그러면서 그 자리를 좋은 것들로 채우고 싶습니다. 바람이 있다면 아름다운 자연과 아름다운 사람들과의 사랑은 오래 오래 작별하지 않고 늘 곁에 두고 싶습니다.

그런 마음을 담아 오늘 인산이 당신께 묻습니다.
"당신은 날마다 무엇과 작별하십니까?"

-20180412

◆

당신은 느끼십니까?
바람으로 전해지는 수많은 숨결을…

숨결이 바람 되어
-인산 김인수

살아서, 꼭 살아서 돌아가고 싶었어요
우리의 베개를 같이 베고 당신의 밤을
내 조용한 숨결로 지켜주고 싶었어요
행여 잠이 들지 않을 때면 함께 지새며
숨결로 전해지는 내 삶을 보태고 싶었어요

그건 꿈이 아니었는데, 정말 그랬었는데
어느 산곡에서 당신 향한 숨결은 잦아들었죠

이제 어떻게 당신 곁에 돌아가야 할까요
날마다 당신을 비추는 햇빛에 담을까요
그리 좋아하던 저녁노을로 찾아 갈까요
아니에요. 사시사철 당신의 품을 파고드는
한 조각 바람으로 남아 있는 게 좋겠어요

사라진 내 숨결은 오직 당신만의 바람 되어

내가 죽어 지킨 당신 곁으로 꼭 돌아갈게요

여름으로 접어들자마자 갑자기 날이 무더워졌습니다. 현충일인 어제도 무척 더웠는데 일기예보를 보니 일부 지역에는 폭염주의보까지 내려진다고 합니다. 평년보다도 무더울 것으로 예상된다고 하니 이 여름을 건강하게 잘 보내야겠습니다.

갑자기 더워진 날씨 속에서 문득 우리를 둘러싼 경계가 없어져 간다는 생각을 했습니다. 말씀드린 봄과 여름 등 계절의 경계뿐만 아니라 정신적, 물질적으로 우리를 구분지었던 수많은 경계가 점점 더 희미해져 가고, 심지어는 없어져 갑니다.

수많은 경계들 중에서 누가 뭐래도 제일 많은 관심을 가지고 있는 게 삶과 죽음의 경계일 겁니다. 다른 경계는 완화지대나 완충지대가 있고, 회색의 자리도 있을 수 있지만 삶과 죽음의 경계에는 그런 게 없습니다. 그야말로 전부 아니면 전무, all or nothing 입니다.

어제 63회 현충일, 우리는 그 숭고한 경계를 초개같이 뛰어 넘은 분들을 기리는 아주 특별한 날, 아주 특별한 시간을 가졌습니다. 중앙추념식 외에도 전국 곳곳에서, 각급 부대와 지자체에서 자체적으로 추념식 행사를 했습니다.

저 역시 함께 근무하고 있는 주요 지휘관, 참모들과 함께 부대 앞에 있는 무명용사상을 참배하고 님들의 넋을 기리는 시간을 가졌습니다. 짧은 시간이었지만 엄숙하고 경건한, 의미 있는 시간이었습니다.

묵념을 하면서 저는 다짐했습니다. 한반도를 둘러싼 급박한 안보정세 속에서 한 치의 흔들림도 없이 이 나라를 잘 지키겠노라고,

그래서 훗날 그분들로부터 “내가 목숨 바쳐 지킨 나라를 더 잘 지키느라 정말 수고했다.”는 말을 듣겠노라고 말입니다.

국립대전현충원에서 열렸던 정부추념식에서 한지민 배우가 이해인 수녀님의 「우리 모두 초록빛 평화가 되게 하소서」라는 추모시를 낭송하고, 최백호 가수가 <늙은 군인의 노래>를 불렀습니다. 참으로 가슴이 뭉클했습니다.

저 역시 제 마음을 담은 짧은 현충일 추모헌시 한 편을 써서 올렸습니다. 비록 시 한 수, 노래 한 곡으로 님들의 헌신과 희생을 다 기릴 수는 없지만 그 속에 담긴 마음들이 가신 님들 한 분 한 분을 다 기억하고, 헤아릴 거라 믿습니다.

우리 모두는 그분들을 잊지 말아야 합니다. 기억해야 합니다. 지금도 조국의 이름 모를 산하에 묻혀 계신 수많은 선배전우님들이 계십니다. 국방부 유해발굴단에 의하면 아직도 13만 명이나 되는 호국영령들의 유해를 찾아야 하는 사명을 감당해 나가야 합니다.

이는 온전히 우리 후손들의 몫입니다. 우리가 마땅히 해야 할 일이고, 만시지탄의 마음입니다. 그래야만 나라를 위해 목숨을 바치는 그 가장 숭고한 일을 우리들이, 자손들이, 후손들이 이어갈 수 있습니다.

특히, 요즘처럼 한반도를 둘러싼 안보환경과 국제정세가 엄중한 때에 더욱 더 그런 마음을 확고히 가져야 합니다. 저부터 앞장서서 실천하겠습니다. 그리고 이곳 연무대에 들어오는 멋진 젊은이들에게 그 정신을 심어주도록 노력하겠습니다.

사랑하는 인산편지 가족 여러분!

앞에서 말씀드렸다시피 현충일 중앙추념식에서 한지민 배우가 낭송한 이해인 수녀님의 「우리 모두 초록빛 평화가 되게 하소서」라는 시를 들어 보셨는지요?

아주 차분하고 담백한 목소리로, 짧지 않은 시를 거의 외워서 낭송하는 모습을 보면서 저 역시 많은 감동을 받았습니다. 이해인 수녀님의 마음을 담은 시구 한 절 한 절에 감동받았고, 낭송을 하는 한지민 배우의 아름다운 모습에 감동받았습니다.

그 모습을 보면서 우리 부대에서 하는 현충일 추념식에서도 추모헌시를 낭송해야겠다는 생각을 했습니다. 내년에는 꼭 해야겠습니다. 그것도 다른 시인의 시가 아닌 부족하나마 제 마음으로 말입니다.

각오는 대단하나 솔직히 말씀드리면 조심스럽습니다. 그 어떤 말로 표현한다고 해도 부족하기 때문입니다. 이름 모를 산하에서, 높고 깊고 산곡에서 이름 없이 빛도 없이 스러져간 수많은 선배전우님들의 마음을 감히 무슨 말로, 어떤 언어로 표현할 수 있을까요?

그래도 조금이나마 제 마음을 담아야겠기에 표현하고 또 표현할 겁니다. 위의 졸시 「숨결이 바람 되어」는 그런 추모의 마음을 담은 시입니다. 당신도 저와 같은 마음이 되어, 당신이 이름 모를 호국용사의 마음이 되어 그냥 느껴 보십시오.

저는 오늘도 제가 사는 이 터전에서 유월의 바람을 맞습니다. 님들이 목숨 걸고 지켜내신 유월의 땅에서 유월의 바람을 맞습니다.

이 바람은 지금까지 맞아오던 바람이 아닙니다. 님들의 숨결이 담긴 바람입니다. 바람으로라도 찾아오시고 싶은 그 절절함이 가득 담긴 바람이기에 유월의 바람은 예사롭지 않게 느껴집니다.

"당신은 느끼십니까? 바람으로 전해지는 수많은 숨결 말입니다"

당신과 제가 그 숨결을 잊지 않을 때, 그 숨결을 기억할 때, 그 숨결이 헛되지 않도록 우리의 숨결을 보태겠노라고 다짐할 때 진정한 호국보훈의 정신, 나라사랑의 마음이 길이길이 전해지고, 이어질 거라 저는 믿습니다.

-20180607

◆

당신의 삶에는 무슨 맛이 배어 있습니까?

설핏 잠이 들었다 화들짝 깼습니다. 눈을 떠 보니 소파 위입니다. 시계는 새벽 3시를 가리키고 있습니다. 피곤할 만도 한데 눈은 말똥말똥합니다. 다시 잠을 청하기 싫어 책상 앞에 앉습니다. 그리고 인산편지를 씁니다.

지금처럼 잠이 들었다가 갑자기 깨어 일어난 새벽의 시간도 참 좋습니다. 아직 일어날 시간이 안 되어 다시 더 잘 수 있어서 좋고, 또 자리를 박차고 일어나면 출근하기 전까지 충분한 혼자만의 시간을 보낼 수 있기 때문입니다. 그 새벽에 홀로 깨어 무언가를 한다는 것이 그냥 참 좋습니다.

창을 여니 찬바람이 밀려옵니다. 봄비가 내리고 난 후 조금 쌀쌀해졌습니다. 이런 걸 두고 꽃샘추위라고 하죠. 말도 참 예쁩니다. 문득 중국 전한시대의 동방규가 왕소군을 생각하며 읊었다는 '춘래불사춘'이란 시구가 생각나는 아침입니다

인산편지를 써온 지 5년째에 접어들면서 독자님들이 많이 생겼습니다. 바쁜 일상 속에서도 늘 기다려 주시고, 읽어 주시고, 거기다가 매일 빠지지 않고 답장까지 보내 주시는 왕팬(?) 독자님들도 계십니다. 참으로 분에 넘칠 정도로 감사할 따름입니다.

그런 분들이 가끔 제게 인산편지를 좋아하는 이유에 대해 말씀하십니다. 먼저 인산편지를 접하게 되면서 시에 대한 생각을 달리

했다고 합니다. 시라는 것을 어린 시절 중고등학교에 다닐 때 국어 시간에나 접했던 것으로 생각했는데 인산편지를 통해 날마다 마음으로 받아들이게 되어 참 좋다고 하십니다.

하루하루 작가가 던지는 편지의 제목, 그 물음을 붙들고 사유와 성찰의 삶을 살아갈 수 있어서 좋다고 하시는 분들도 아주 많습니다.

아침마다, 거의 일정한 시간에 올라오는 편지를 출근을 하는 전철 안에서 읽으시고, 출근을 해서 일과를 시작하기 전에 커피 한 잔 마시며 읽으시기도 한답니다. 그러면서 오늘 내게 주어진 이 하루를 감사하며 그 물음이 내 삶에는 어떤 의미인지 깊이 생각할 시간도 가진다고 하십니다.

하루의 인산편지를 읽는 것 자체가 한 권의 책을 읽는 것과 같다며 분에 넘치는 찬사를 보내시는 분도 계십니다. 그리 받아주시는 것은 참으로 감사한 일이지만 사실 그 정도까지 되겠습니까?

또한 인산편지에 소개하는 책들이 많은 도움이 된다고 하십니다. 바쁜 일상에 쫓겨 책을 읽기가 쉽지 않은데 편지의 내용을 통해 책을 접하게 되어 좋고, 마음에 와 닿는 책을 직접 사서 읽기도 하신답니다.

모든 게 감사한 일입니다. 저의 부족한 글이 그렇게 조금이라도 독자님들의 삶에 도움이 된다면 작가로서는 더없는 영광입니다. 어쩌면 그렇기 때문에 제가 날마다 글을 쓰는 건지도 모릅니다.

사랑하는 인산편지 가족 여러분!

육군훈련소가 대한민국 육군에서 가장 중요한 부대이고, 국민들의 관심이 많은 부대이다 보니 언론에도 많이 노출됩니다. 그래서 저는 늘 육군훈련소가 대군신뢰의 최전선이라고 강조합니다.

저를 포함하여 우리 연무대인들이 훈련병 아들들 한 사람, 한 사람을 얼마나 소중하게 생각하며 보살피는지, 그들이 군 생활을 잘할 수 있도록 기초와 기본을 가르치기 위해 얼마나 노심초사하는지 우리 부모님들과 국민들께서 꼭 알아주셨으면 합니다. 혹여나 부족하고 잘못한 점이 있다면 채우고, 고치면서 나아갈 것을 약속드립니다.

정일근 시인의 시 「사는 맛」에 이런 구절이 있습니다. "사는 맛도 독 든 복어를 먹는 일이다/기다림, 슬픔, 절망, 고통, 고독의 맛/그 하나라도 독처럼 먹어보지 않았다면/당신의 사는 맛도/독이 빠진 복어를 먹고 있을 뿐이다" 참으로 깊은 사유가 깃들어 있습니다. 세상 모든 일이 칭찬만 받을 수도, 찬사만 바랄 수도 없는 일입니다. 때로는 사실이 아니어도 그럴 수 있겠다는 넓은 마음으로 받아들일 일입니다. 자만하지 말고 더 살펴보라는, 더 나은 여건을 마련해 주라는 충고나 조언으로도 받아들여야 합니다.

우리의 삶을 돌아봅니다. 우리가 살아가는 데 있어 어찌 꽃길만 있겠습니까? 어찌 햇볕만 쬘 수 있겠습니까? 대추 한 알도 천둥 몇 개, 무서리 몇 개 담았거늘 우리의 삶은 어떠하겠습니까? 아무리 좋은 땅이라도 햇볕만 내리 쬐면 황폐한 사막이 되지 않겠습니까?

정일근 시인이 노래한 것처럼 삶에는 사는 맛이 있어야 합니다. 단짠신쓴의 맛이 배어 있어야 하고, 순간순간 그 맛이 나야 합니다. 늘 단맛만 있어서는 해롭겠지요. 모든 게 삶의 이치요 섭리입니다.

이 마음을 담아 오늘 인산이 당신께 묻습니다.

"당신의 삶에는 무슨 맛이 배어 있습니까?"

저도 다시 한 번 제 삶에, 제 생활에 스며있는 맛을 찾아보겠습니다. 때로는 특정한 맛만을 고집하지 않았는지, 그래서 편식하지 않았는지 살피겠습니다. 제 삶에 여러 가지 맛들이 골고루 스미도록 받아들이고 또 받아들이겠습니다. 기다림, 슬픔, 절망, 고통… 인간이 맛보아야 할 그 어떤 맛도 밀쳐내지 않겠습니다.

저와 당신의 삶에, 우리 모두의 삶에 이 세상의 모든 맛이 골고루 배어 있을 때, 골고루 스며 들 때 우리가 사는 이 세상은 정말 맛깔나는 세상이 되지 않겠습니까? 오늘도 전 그런 세상을 꿈꿉니다.

-20180320

◆

당신은 당신의 가치를 알고 계십니까?

일찍 일어나 문을 열고 길을 나서니 제일 먼저 바람이 와 안깁니다. 뜰의 나뭇가지가 살랑거릴 정도로 불어옵니다. 그런데 오늘 부는 바람은 어제의 바람과 다릅니다. 어제의 바람이 아닙니다. 훈훈합니다.

나무들도 좋아합니다. 그러고 보니 나무들이 저마다 제 잔가지들을 살랑거리는 이유가 있었습니다. 마치 강아지가 저를 예뻐해 주는 사람을 보면 꼬리를 흔들듯이 나무들도 그런 것이었습니다.

이렇듯 자연은 미처 말하지 않아도, 누가 가르쳐 주지 않아도 그 안에 있는 저희들끼리 서로 알아보고, 알아주는 듯합니다. 그들을 바라보고 있노라면 참 신기한 느낌이 듭니다. 자연이 전하는 미세한 움직임도 놓치고 싶지 않은 이유입니다.

세월에 장사 없고, 시간은 막을 수가 없는 것이죠. 이게 우리가 말하는 자연의 이치요, 섭리인 것입니다. 그런 자연의 섭리와 이치는 늘 한 치도 어김없이 우리를 찾아와 가르쳐 줍니다. 한마디로 말씀드리면 순환입니다.

우리가 위대한 자연의 섭리 가운데서 우리가 늘 깨달아야 할 것이 바로 이 '순환'입니다. 모든 것은 순환합니다. 우리의 삶도 순환합니다. 어느 누구를 막론하고 다 순환합니다.

한 사람의 삶이 늘 좋을 수만은 없고, 또 다른 사람의 삶이 늘 나쁠 수만은 없습니다. 좋은 일이 있으면 안 좋은 일도 있고, 기쁠 때가 있으면 슬플 때도 있는 것입니다. 그 순환의 삶 속에서 우리가 가져야 할 것은 모든 것을 늘 겸허하게 받아들이는 마음, 이것뿐입니다.

사랑하는 인산편지 가족 여러분!

저는 오늘 가치에 대해서 생각해보았습니다. 사람은 누구나 자신의 존재 가치가 있습니다. 그러나 내가 아무리 좋은 것을 가지고 있어도 그 가치를 알지 못하면 아무 소용이 없습니다. 얼마 전에 뉴스에 나왔던 미국 뉴저지의 3형제 이야기를 잠깐 언급하겠습니다.

3형제는 2010년 어머니가 돌아가시자 유품을 정리하면서 그림 한 점을 발견했습니다. 그 그림이 마음에 들지 않은 형제들은 지하실에 처박아 놓았고, 얼마 전에 용돈이라도 벌자고 경매에 내놓았습니다. 그들이 예상한 낙찰가는 800달러(85만원)였습니다.

그런데 어찌된 일입니까? 경매가 진행되면서 계속 가격이 올라갔고, 결국에는 110만 달러(11억 7,000만원)에 낙찰되었습니다. 네덜란드의 대화가 렘브란트의 그림 진품이었던 것입니다. 또 놀라운 것은 이 그림을 산 사람은 보정작업을 거쳐 400만 달러(42억 5,600만원)에 다시 되팔았다고 합니다.

렘브란트가 그린 진품이면 뭐합니까? 그 그림을 알아보지 못하고 가치를 알지 못하는 사람에게는 아무 의미가 없는 것이죠. 우리는 우리의 삶에서 늘 가치를 알아야 하고, 추구해야 하고, 깨달아야 합니다.

「목마와 숙녀」를 쓴 박인환 시인은 아주 독특해서 많은 시를 연필로 쓴 게 아니라 입으로 썼다고 합니다. 술을 마시면 늘 즉흥적으로 시를 읊은 것입니다.

박인환 시인의 입에서 나오는 시, 그 시의 가치를 알아본 후배는 술에 취한 시인의 입에서 나오는 시를 한 자도 빼놓지 않고 공책에 옮겨 적었고, 그 다음날 술에서 깬 시인에게 주었다고 합니다. 박인환 시인의 명시들은 그래서 그냥 그 술자리에서 사라지지 않고 오늘날까지 우리들의 곁에 남아있는 것입니다.

이 마음을 담아 오늘 인산이 당신께 묻습니다.
"당신은 당신의 가치를 알고 계십니까?"

특히 연무대에서 함께 근무하고 있는 제 동료들께 말씀드리고 싶은 게 있습니다. 당신의 가치를 알아야만 당신이 오늘 만나는 수많은 훈련병 아들들의 가치를 제대로 알 수 있을 것이라고요. 그 훈련병 아들들 한 사람 한 사람이 얼마나 가치 있고 귀한 사람인지 알 수 있을 것이라고요.

저는 꿈꿉니다. 우리 모두가 자기의 가치를 알고, 다른 사람들의 가치를 알아주는 세상을 꿈꿉니다. 그런 저의 꿈을 당신도 꾸지 않으시겠습니까? 당신과 제가 늘 그런 꿈을 꾸며 나아갈 때 우리가 사는 이 세상은 보다 아름다워질 거라 저는 믿습니다.

-20180214

◆

당신은 천재였던 적이 있습니까?

겨울눈 봄눈

-인산 김인수

요맘때 눈, 네가 오면

난 꼭 물어보곤 하지

넌 겨울눈이야 봄눈이야

물론 대답은 없지

기대하지도 않아

왜냐면 난 이미 아니까

내리자마자 쌓이는 건 겨울눈

내리고 나서 바로 녹는 건 봄눈

땅 위에 떨어지는 건 겨울눈

마음에 쏟아지는 건 봄눈

요맘때 너, 눈이 올 땐

겨울눈으로 봄눈으로

함께 손잡고 나란히 내린다는 걸

다른 사람은 몰라도 나는 알지

오늘은 아침 기온이 영하 10도 안팎까지 떨어졌습니다. 전국적으로 기온이 많이 떨어지고 바람도 강하게 불어 매우 춥다고 합니다. 당분간도 추위가 이어진다고 하는데 고향을 찾는 길이 어렵지 않도록 곧 누그러지길 기대해 봅니다.

어제 논산에도 눈이 내렸습니다. 어두워지면서부터 내리기 시작한 눈은 밤이 깊어갈수록 눈덩이도 더 커져 제법 많은 눈이 쌓였습니다.

밤에 내리는 그 눈을 맞으러 관사 뜰 앞에 나섰습니다. 강한 바람과 함께 눈이 뺨을 때립니다. 서둘러 모자를 뒤집어씁니다. 사방은 적막하지만 캄캄하지는 않습니다. 가로등 불빛에 내린 눈이 반사되어 제가 서 있는 뜰 안만큼은 마치 백야인 듯합니다.

살며시 눈을 뜨고 눈치를 살피던 나무들도, 풀들도 다시 쏙 들어가야 할 정도로 날씨가 심술궂습니다. 문득 조금씩 조금씩 슬그머니 오던 봄이 생각납니다. 눈이 겨울에만 내리는 것도 아닌데, 분명히 봄에도 내리는데… 그러면 지금 내리는 눈은 무얼까? 갑자기 궁금해졌습니다. 궁금할 땐 어떻게 해야 하죠? 제일 좋은 건 물어보는 겁니다. 그래서 저도 눈에게 물어보았습니다.

제 졸시는 눈과 말없는 대화를 나누며 담긴 시상을 풀어낸 즉흥시입니다. 인산편지를 써 오면서 제 자신이 가장 많이 달라진 게 있다면 제가 살아가고 있는 이 위대한 자연을 더 깊이 느끼게 되고, 사랑하게 되었다는 것입니다.

그전에는 잘 몰랐던 일입니다. 군인이기에 숱한 훈련을 하면서 수없이 많은 시간들 속에서 이 나라의 산하를 누볐지만 그 위대한 자연을 순간순간 만나지 못했습니다. 그냥 지나쳤습니다. 그랬던 제가 이제는 누구보다도 자연을 좋아합니다.

자연과 대화하는 것이 좋습니다. 그동안 몰랐던 것, 생각하지도 못했던 것들을 자연은 알려줍니다. 그래서 저는 그 작은 신음소리 하나도 놓치지 않으려고 늘 노력합니다. 어제도 그랬습니다. 내린 눈은 금세 땅에도 가득 쌓였고, 나무에도 소복소복 붙어 있었습니다. 뜰을 거닐면서 그 눈에게 말을 걸었습니다.

또 한 가지 깨닫는 것은 순간순간 우리 곁에 있는 모든 것에 우리가 할 수 있는 모든 정성을 다 쏟아야 한다는 것입니다. 물론 이것이 결코 쉽지 않다는 것은 압니다. 사람인 이상 매 순간을 그렇게 치열하게 살아갈 수도 없습니다.

그러나 우리에게 내일이 주어지지 않을지도 모른다는, 그래서 오늘이 우리의 삶의 마지막일지도 모른다는 깊은 깨달음을 늘 가슴에 품고 살아가는 사람이라면 할 수 있는 일입니다.

그리고 더 중요한 것은 그렇게 정성을 다하면 오히려 새 힘이 솟아난다는 사실입니다. 과학에서 말하는 에너지 총량 보존의 법칙에 어긋난다 할지라도 인간의 삶에 있어 에너지는 쓰면 쓸수록 에너지는 더 많이 생겨남을 저는 믿고 있습니다.

사랑하는 인산편지 가족 여러분!

『그릿(GRIT)』이라는 책이 있습니다. 2년 전인가, 지금은 대학생이 된 아들과 같이 서점에 갔을 때 아들에게 무슨 책을 읽고 싶은지 골라보라고 했을 때 아들이 집어 들었던 책입니다. 당시에는 저도 읽어보지 못한, 처음 본 책이라 어떤 책인데 아들이 선뜻 골랐을까 궁금했었던 기억이 떠오릅니다.

'그릿'은 사전적으로는 투지, 끈기, 불굴의 의지 등을 말합니다. 열정과 집념을 오래도록 지속할 수 있는 힘입니다. 우리나라 말로는 딱히 표현할 만한 한 단어를 찾기 어려운데 굳이 정확한 표현을 요구한다면 '장기적 목표를 향한 열정과 끈기'라고 할 수 있습니다.

책에 나와 있는 내용 하나만 들어보겠습니다. 사실 이 정도만 알아도 이 책의 핵심 메시지를 알 수 있다고 생각합니다. 독일 음악원의 최우수 바이올리니스트들이 최고 수준의 전문기량을 갖추기까지 10년 간 약 1만 시간을 연습했다고 합니다. 많이 들어보신 적이 있는 '1만시간의 법칙'입니다.

이 시간 개념이 머릿속에 금방 떠오르지 않으시죠? 10년 동안 1만 시간이면, 정확하게 하루에 2.74 시간을 10년 동안 하루도 빠짐없이 투자해야 한다는 것입니다. 생각해 보십시오. 비가 오나 눈이 오나, 평일이나 휴일이나 하루도 빠지지 않고 근 3시간 정도의 시간을 연습해야 최고가 된다니 생각만 해도 대단하지 않습니까?

중요한 것은 이들이 그렇게 할 수 있는, 그 열정과 끈기를 변함없이 이어갈 수 있는 요인입니다. 그들은 자신의 노력이 궁극적으로는 이 세상을 살아가는 다른 사람들에게도 중요하고, 유익을 가져다주기 때문에 수많은 날들의 수고와 희생, 때로는 좌절과 실망까지도 감수할 수 있다는 것입니다.

멀리서 찾을 필요도 없습니다. 지금 평창을, 우리나라를 뜨겁게 달구고 있는 올림픽 참가 선수들도 바로 그런 사람들입니다.

책에서 말합니다. 천재를 자신의 모든 것을 바쳐 부단히 탁월성을 추구하는 사람으로 정의한다면, 부단히 노력할 마음을 품고 있는 사람은 다 천재라고 말입니다.

그런 마음을 담아 오늘 인산이 당신께 묻습니다.
"당신은 천재였던 적이 있습니까?"

천재는 선천적으로 타고 나는 것이 아닙니다. 특별한 재능이 있는 것이 아닙니다. 정말이지 천재는 이 세상을 위해, 다른 사람을 위해, 오랫동안 변함없이 자신이 하고자 하는 일 속에서 열정을 잃지 않는 사람입니다.

-20180212

당신은 바람의 말을 듣고 계십니까?

오늘도 비가 내립니다. 참 좋은 비입니다. 비가 오면서 조금 쌀쌀해졌습니다. 그렇다고 추위를 느낄 정도는 아닙니다. 이제 추위라는 단어는 당분간 우리 곁에서 멀리 떠나보내도 될 일입니다. 며칠이 지나면 다시 평년 기온을 회복할 것이고, 이러다가 금세 초여름 날씨로 변해가겠지요.

어제 인산편지를 통해 보내드린 저의 졸시 「유학산에 핀 꽃」과 편지내용이 많은 분들의 마음에 깊은 울림으로 전해진 듯합니다. 함께 아파하고 함께 슬퍼해주셨습니다. 우리 모두가 타인의 슬픔에 공감하며 산다면 이 세상은 분명 따듯하고 아름다운 세상이 될 것이라고 믿습니다. 그것이 제가 인산편지를 쓰고 독서와 인문학을 강조하는 이유입니다.

역사는 그렇습니다. 지난 과거의 일로 머무르게 해서는 안 됩니다. 우리가 그동안 몰랐다면 정확하게 알아야 하고, 알고도 모른 체 살아왔다면 반성하고 성찰해야 할 일입니다. 이 모든 것이 사람답고 인간다운 삶을 살아가기 위한 올바른 노력이라고 생각합니다.

어제 인산편지에서 좋은 사람에 대해 말씀을 드렸습니다. 그런 좋은 사람들이 연무대에 다녀갔습니다. 주식회사 에이스탁의 장효빈 대표이사, 김성운 이사, 조형철 팀장 등을 포함해 다섯 분입니다.

특히 위 세 분은 제가 개천돌진대대장을 할 때 함께 근무했던 전우들입니다. 참 좋은 인연입니다. 우리 육군훈련소 아카데미를 통해 장병들에게 귀한 말씀을 전하기 위해 방문하신 겁니다. 저는 장효빈 대표이사를 소개하면서 '청출어람'을 언급했습니다.

"사람의 배움에는 끝이 있으면 안 된다. 파란색은 쪽에서 나오지만 쪽보다 더 파랗고, 얼음은 물이 이루어진 것이지만 물보다 차갑다."는 순자의 말씀을 통해 오늘날 글로벌 기업 CEO로 성장한 전우의 멋진 모습을 표현했습니다.

그는 '도전과 열정'이라는 주제의 강연을 통해 육군 대위로 재직한 20대와 전역한 30대를 각 라운드로 나누어 도전과 실패 그리고 성공에 이르기까지의 이야기를 진솔하게 이야기하였습니다.

장강명 소설가의 에세이 『5년 만의 신혼여행』의 글귀 "인간은 자기 인생을 걸고 도박을 하는 순간부터 어른이 된다. 그러지 못하는 인간은 영원히 애완동물이다"를 가장 먼저 언급하며 도전과 열정의 중요성을 강조하였습니다.

특별히 기업 경영은 물론 10km 단축 마라톤, 골프 헤드스피드, 부산까지의 사이클 여행 등 열정과 도전이 배어 있는, 개인의 목표를 이루기 위한 노력과 성과가 그 어떤 강사보다도 큰 공감을 불러일으켰습니다. 인산편지의 좋은 독자이기도 한 장효빈 대표이사님께 이 지면을 빌려 깊은 감사의 마음을 전합니다.

사랑하는 인산편지 가족 여러분!

마종기 시인은 그의 시 「바람의 말」에서 "…세상 모든 일을/지척의 자로만 재고 살 건가."라며 애쓰며 사는 우리 삶을 위로해주고 있습니다. 묘하게도 그 안에 스며 있는 느낌이 전해옵니다.

당신은 당신의 바람이 당신에게 전하는 말을 들어보셨습니까? 지금까지는 관심을 두지 않으셨을 겁니다. 잘 모르셨을 겁니다. 그러나 이젠 바람의 말을 들어 보십시오. 더 이상 다른 이유로 외면하지 마십시오.

당신의 삶에 늘 불어 왔던 그 바람, 숱한 날들을 당신 곁에 머물며 당신께 무언가를 전하고자 그 바람, "착한 당신 피곤해져도 잊지" 말라는 그 아득하게 멀리서 오는 바람의 말을 이제부터라도 여러분들과 함께 듣고 싶습니다.

당신이 "바람의 말"에 귀를 기울이고, 당신이 바람의 말을 들을 때 당신의 삶은 보다 더 깊어지고, 보다 더 너그러워지며, 보다 더 아름다울 거라 저는 믿습니다. 제가 꿈꾸는 세상은 우리 모두가 바람의 말을 스쳐 보내지 않고 귀를 기울이는 그런 세상입니다.

이 마음을 담아 오늘 인산이 당신께 묻습니다.
"당신은 바람의 말을 듣고 계십니까?"

-20180405

◆

당신은 늘 공손하십니까?

새벽에 일어나 길을 나서니 어제보다 더 추운 듯합니다. 다른 때는 그래도 며칠만 참고 견디면 평년 기온으로 회복될 거라는 기대가 있었는데, 이번 추위는 오래 간다고 하니 심리적으로도 더 춥게 느껴집니다.

이런 날에도 변함없이 경계근무에 임하는 우리 장병들이 있습니다. 물론 방한대책을 강구한 가운데 근무에 임하지만 그래도 그리 녹록하지 않습니다. 어디 군인뿐이겠습니까? 이 추위에도 밖에서 일을 해야 하는 많은 분들이 있습니다. 부디 그분들에게 이 추위가 그리 혹독하지 않았으면 하는 마음 간절합니다.

사실 제게 있어 이 추위를 견디는 건 아무것도 아닙니다. 저 역시 옷도 따뜻하게 입고는 있지만, 무엇보다도 마음으로 충분히 대비를 해 놓은 탓입니다. 어떻게 했느냐고요?

얼마 전 인산편지를 통해 말씀드린 바 있습니다. '세계테마기행'을 통해 영하 50도를 넘나드는 시베리아와 툰드라를 맘껏 여행했기 때문입니다. 그 생각을 하면 지금은 영하 14도는 아무것도 아닙니다.

오늘은 스포츠 얘기를 먼저 꺼내겠습니다. 오늘날 스포츠는 남녀노소를 가리지 않고 많은 분들이 좋아합니다. 직접 하면서 즐기는 사람도 많고, 아니면 경기장을 찾아 선수들이 경기하는 걸 보면서 즐기는 사람도 많습니다. 굳이 따진다면 저는 후자입니다.

이제 곧 우리 평창 땅에서 지구촌의 축제인 동계올림픽이 열리기 때문에 스포츠에 대한 관심과 열기는 더 한층 고조될 것입니다.

최근 많은 팬들로부터 주목받는 스포츠인이 두 명 있습니다. 하나는 메이저 대회인 호주오픈 테니스대회에서 우리나라 선수로는 사상 최초로 4강에 오른 정현 선수와, 23세 이하 아시아축구선수권에서 사상 최초로 베트남 축구대표팀을 결승으로 이끈 박항서 축구감독님입니다.

정현 선수와 박항서 감독님은 모두 대단하십니다. 우상인 조코비치를 꺾고 내친 김에 4강까지 오른 정현 선수나, FIFA 랭킹 100위가 넘는 아시아의 약체 베트남 축구대표팀을 부임한 지 몇 달이 되지 않는 짧은 시간에 아시아선수권 결승까지 이끈 박항서 감독님이나 모두 우리 대한민국의 저력을 빛낸 멋진 분들입니다.

스포츠에서 모든 스포트라이트는 승자에게 집중되죠? 우리는 패자의 마음, 패자의 생각, 패자의 말을 들어볼 기회도 그리 많지 않습니다. 어쩌면 패자는 할 말이 없다는 말 때문이 아닌가 싶기도 합니다.

제가 패자에 대해 언급하는 것은 그 사람의 마음이 참으로 아름답기 때문입니다. 바로 위대한 테니스 선수인 조코비치입니다. 불과 얼마 전까지만 해도 세계랭킹 1위였습니다. 그러나 그런 실력과 전적으로 인해 제가 위대하다고 말씀드리는 것은 아닙니다.

그가 위대한 것은 그의 마음으로 인함입니다. 조코비치 선수는 이번 호주오픈대회에 팔꿈치 부상을 딛고 오랜만에 출전을 한 터였기에 정현 선수와의 경기가 끝난 후 기자들이 대뜸 팔꿈치 부상으로 인해 진 것이 아니냐는 식으로 물어보았답니다.

그 순간 조코비치 선수는 "정현 선수의 승리를 폄하하거나, 그 가치를 떨어뜨리는 발언은 하지 않았으면 좋겠다. 정현 선수는 분명히 승리할 만한 실력을 보여주었다." 참으로 진정한 강자다운 발언이 아닐 수 없습니다.

사랑하는 인산편지 가족 여러분!

조코비치 선수의 말을 들으니 참으로 느끼는 것이 많습니다. 세상을 살아가는 사람들은 잘한 것은 자신의 공으로 돌리고, 잘못된 것은 남의 탓으로 치부하는 경향이 있습니다.

굳이 나무라거나 비난할 수도 없습니다. 그것은 무엇보다도 자기 자신을 사랑하는 자연스러운 인간의 본성입니다. 물론 인간의 삶에 대한 사유와 성찰을 통해 이성적이고 합리적이며 올바르게 살아가고자 노력하는 사람은 그 본성을 뛰어 넘는 삶을 추구하지만 모든 사람이 다 그럴 수는 없는 일입니다.

바로 이 부분에서 우리가 흔히 '아레테(arete)'라고 부르는 '탁월함'이 갈리게 되는 것입니다. 나를 우선시 하는 본성을 넘어서 남을 우선할 수 있는 힘이 바로 '아레테'이고, 나를 대하고 사랑하는 마음과 똑같이 남을 대하고 사랑할 수 있는 마음이 곧 '아레테'입니다.

그 아레테를 행하는 사람이 많으면 많을수록 그 사회는 아름다운 세상, 살기 좋은 세상, 정말 살 맛 나는 세상이 되는 것입니다.

고영민 시인의 시 「공손한 손」은 아주 짧은 시, 그리고 누구나 다 쓸 것 같은 평이한 시이지만 그 어떤 시보다도 깊은 공감을 주는 시입니다. 시인은 그 시를 통해 우리에게 공손함이 무엇인지를 전하고 있습니다.

"추운 겨울 밥뚜껑 위에 한결같이/공손히/손부터 올려놓는다"는 부분을 음미하는 순간 "아! 그렇지. 그게 공손함이지."라는 말이 절로 나옵니다. 굳이 공손하고 싶지 않아도, 더 나아가서 공손하다는 게 어떻게 하는 건지 몰라도 자연스럽게 공손하게 되는 것, 그것을 우리에게 알려줍니다.

이 시는 식당 안에서, 밥상 앞에서, 밥뚜껑 위에서 조금씩 조금씩 더 공손해집니다. 공손의 단계를 우리에게 보여줍니다. 마치 훈련소의 분대장이(과거에는 조교라고 불렀습니다.) 훈련병들에게 행동시범을 보이는 것 같은 모습입니다.

저도 모르게 손을 모읍니다. 앞에 밥그릇은 없지만 맘속으로 밥그릇을 그리며 손을 올립니다. 금방 그 따뜻함이 손바닥을 타고 마음 깊숙이 전해져 오는 듯한 느낌입니다. 밥뚜껑 위에서 손을 모으는 모습, 정말이지 공손 그 자체입니다.

저도 날마다 손을 모으는 삶을 살려고 합니다. 새벽에 일어나서 기도하며 손을 모으고, 훈련 현장에서 훈련병 아들들의 차가운 손을 마주 잡으며 손을 모으고, 우리 대한민국 육군의 모든 장병들이 한 사람도 잘못되는 일이 없이 무사히 군 생활을 마칠 수 있도록 손을 모으고, 자랑스러운 조국 대한민국이 평창올림픽을 무사히 치르기를, 우리나라의 안보문제, 외교문제를 슬기롭게 해결해 나갈 수 있기를 위해 손을 모으렵니다. 그렇게 날마다 숨 쉬는 순간마다 공손하고 또 공손해지려는 것이 지금 저의 삶입니다.

이런 마음을 담아 오늘 인산이 당신께 묻습니다.

"당신은 늘 공손하십니까?"

이 세상을 살아가는 수많은 사람들 중에 특별히 당신은 오늘이라는 귀한 선물을 받으셨습니다. 그러니 공손하셔야 합니다. 위대한 자연 앞에 공손하고 좋은 사람들을 위해 늘 공손하십시오. 아름다운 세상을 향해 늘 공손하십시오. 할 수만 있다면 당신의 삶을 늘 공손으로 채워 가십시오.

아름다운 당신의 삶이 날마다 공손하고, 날마다 겸손하고, 날마다 겸허한 마음으로 채워져 가시길, 그 마음으로 이 세상을 향해 나아가는 삶이 되시길 공손한 마음으로 두 손 모아 소망합니다.

-20180125

◆

당신이 서야 할 빈 들판은 어디입니까?

날이 많이 풀렸습니다. 한동안 영하 10도 아래로 내려가는 혹한의 날씨가 계속되어 많이 신경이 많이 쓰였는데 조금 따뜻해지니 참 좋습니다. 어느덧 1월도 중간을 지나고 있으니 봄도 그리 멀지 않았습니다. 사실 제 개인적으로는 겨울은 겨울답게 추워야 한다고 생각하고, 나름 추위도 잘 견디는 편입니다. 그러나 군에서 제가 감당하고 있는 직책이 있고, 임무가 있다 보니 추위를 별로 좋아하지 않습니다.

날이 추우면 당연히 몸이 춥겠지만, 그와 함께 마음이 춥기 때문입니다. 무엇보다도 이곳에 있는 우리 훈련병 아들들의 몸과 마음이 춥기 때문이고, 귀한 아들들을 논산 땅에 보내 놓고 밤잠을 못 이루실 부모님들의 몸과 마음이 춥기 때문입니다.

그래서 요즘 저의 제1의 관심은 교육훈련이나 부대활동 시 장병들의 방한대책입니다. 매일 매일 확인하고 강조합니다. 방한용 피복은 다 준비되어 있고, 지급했기에 책임 있는 사람이 조금만 신경을 쓰면 춥지 않게 이 겨울을 날 수 있기에 그렇습니다.

논산으로 오고 난 이후에 저의 인산편지에는 논산에서의 생활을 늘 언급합니다. 다행인 것은 우리 독자님들이 싫다하지 않으시고 공감해 주신다는 것입니다. 사실 이곳은 군을 거쳐 간 남자들에게, 자식을 군에 보낸 엄마들에게, 남친이나 애인을 군에 보낸 여친들에게는 늘 가슴 속에 남아있는 곳이기 때문입니다.

그것을 누구보다도 잘 알고 있는 저는 함께 근무하는 동료들에게 다른 군인들보다 더한 자부심과 사명감을 가질 것을 당부하고 있습니다. 우리가 서 있는 이 땅은 수많은 부모님들의 눈물이 알알이 스며들어 있는 성스러운 땅임을 결코 잊어서는 안 된다고 말입니다.

그런 저의 마음에 화답을 하듯이 어느 독자님께서 이런 답장을 보내주셨습니다.

"저희 아들들은 제대한 지 10년이 됐습니다. 제가 둘 다 논산까지 데려다 주고 왔지요. 제 남편은 큰애 때는 같이 갔었지만 둘째 때는 차라리 안 가겠다고 하더군요. 연병장 돌아 들어가는 모습을 차마 못 보겠노라고…

큰아이는 군생활 내내 엄마의 면회를 기다리는 모습을 보였습니다. 반면 작은 아들은 아주 씩씩하게 '걱정 마시라, 잘 지낸다, 안 오셔도 된다, 조금 있으면 제가 나갑니다' 이러면서 포천 예비군 훈련장 조교로 근무하고 전역하였습니다.

그때에 인산님이 계신 걸 알았더라면 더 마음 편하게 두 아들을 맡겨놓았을 것 같습니다.

이제는 모두 지나간 추억이 되었습니다만^^"

아들들이 전역한 지 10년이나 되었음에도 불구하고 늘 마음속에 남아있는 그 마음을 어찌 제가 모르겠습니까? 아마도 지금 훈련병의 부모님들도 다 똑같을 것입니다. 아들을 군에 보내며 논산 육군훈련소 입영심사대 연병장 한켠에서 굵고 진한 눈물을 뿌리던 부모님들의 모습을 제 가슴 속에 숱하게 많이 담았기에 누구보다도 잘 알고 있습니다. 저는 다짐합니다. 부모님들의 그 마음, 부모님들의 그 눈물이 결코 헛되지 않도록 하겠다고 말입니다.

사랑하는 인산편지 가족 여러분!

지난 주말, 저는 조용히, 그리고 찬찬히 제가 살고 있는 곳의 이곳저곳을 살펴보았습니다. 관사 바로 옆에는 커피숍도 있고, 음식점과 상가도 많은데 담장으로 둘러싸인 관사의 문을 열고 들어오면 마치 숲 속으로 들어온 기분이 듭니다.

문득 빈 들판이 떠올려졌습니다. 제가 늘 꿈꾸는 곳, 늘 서 있기를 원했던 그 빈 들판이었습니다. 갑자기 감사한 마음이 들었습니다. 이곳에 서 있는 제 자신이 참으로 감사하고, 참으로 행복했습니다.

빈 들판은 모든 것 다 내려놓고 서야 하는 곳입니다. 세상에서는 귀히 여기고, 탐을 내고, 더 쌓아 놓길 원하는 어떤 물질도 빈 들판에서는 아무런 쓸모가 없습니다. 빈 들판은 오직 텅 빈 가슴으로만 서야 합니다.

문득 이제하 시인의 「빈 들판」이라는 시가 생각납니다. "빈 들판에서 빈 가슴으로 우는 사람"을 말입니다.

빈 가슴, 빈 마음은 어떤 것일까요? 내려놓는 것입니다. 할 수만 있다면 모든 걸 다 내려놓을 줄 알아야 합니다. 지금 내가 가지길 원하는, 지금 내가 되길 원하는, 지금 내가 하길 원하는 모든 것들도 따지고 보면 그리 중요한 것이 아닐 수 있습니다.

그러나 우리는 잘 모릅니다. 모를 수밖에 없습니다. 주위에 있는 사람들 모두가 다 그런 삶을 살아가고 있기에 나 역시 그렇게 사는 것이 지극히 자연스럽고 당연하기 때문입니다.

그러나 빈 들판에 서 본 사람은 압니다. 그게 그렇지 않다는 것을 말입니다. 아무것도 없는 빈 들판에서는 정말 아무것도 쓸모 있는 것이 없다는 것을 깨닫게 됩니다. 마음밖에는, 오직 마음밖에는 가지고 있을 일이 없는 것입니다.

우리의 삶이 늘 감사로 충만하려면, 지금 당신이 누리는 것, 지금 당신이 가지고 있는 것, 지금 당신이 살아가고 있는 삶이 얼마나 감사하고 행복한 것인가를 깨닫기 위해서는 당신도 "빈 들판"에 서야 합니다. 그 빈 들판에서 빈 들판이 당신에게 전하는 말을 들어야 합니다.

그런 마음을 담아 오늘 인산이 당신께 묻습니다.
"당신이 서야 할 빈 들판은 어디입니까?"

당신도 당신만의 빈 들판을 찾으십시오. 당신만의 빈 들판에 서십시오. 그 빈 들판에서 오직 당신께 바람이 전하는, 새들이 속삭이는 소리에 귀를 기울여 보십시오. 빈 들판에서 당신의 빈 가슴을 지금까지와는 사뭇 다른 더 소중한 그 무엇으로 가득 채워보시지 않겠습니까?

-20180115

◆

당신은 이 세상 그 누구에게
희망의 증거가 되고 싶습니까?

아침에 일어나니 온 세상이 눈으로 덮여 있습니다. 이곳 논산 땅에는 3cm의 눈이 왔다고 합니다. 어젯밤부터 함박눈이 내렸는데 밤사이에 하얗게 변한 것입니다. 참으로 아름다운 풍경이 아닐 수 없습니다. 눈이 오면 여러 가지 걱정이 되는 일이 많이 있지만 그래도 눈 그 자체가 좋은 것은 아직까지 변함이 없습니다.

어제는 새로 옮긴 곳의 관사에 처음으로 들어왔습니다. 집은 그리 크지 않은데 정원은 많이 넓습니다. 테라스가 넓어 그곳에 책상을 놓고 앉았습니다. 제가 임시로 정한 집필실입니다. 밖이 환히 내다보이는 곳에서 글을 쓰니 마음이 탁 트이는 듯합니다.

이사를 와서 제일 먼저 한 것은 서재를 만드는 일입니다. 서재는 온전히 홀로 있는 공간입니다. 홀로 있는 제 마음을 마주하는 공간입니다. 제 자신과 진솔하게 대화를 하는 공간입니다. 그래서 그 어느 곳보다도 정성을 다해 꾸미고 싶습니다.

어제 올해의 첫 인산편지를 띄우고 나서 많은 분들의 뜨거운 마음을 받았습니다. 한 해가 시작된 지 일주일이 넘었는데도 배달되지 않고 있는 인산편지로 인해 많은 분들께서 궁금해 하시고 기다리셨을 겁니다. 사실 그걸 알면서도 저는 조금 더 뜸을 들였습니다. 차분히 자리를 옮기고 나서 옮겼다는 소식과 더불어 새로 시작하는 것이 좋겠다는 생각에서 그랬습니다.

그런데 첫 편지를 띄우고 나서 사실 많이 놀랐고, 그 놀람의 크기만큼 반성도 많이 했습니다. 제가 생각했던 것 이상으로 많은 분들께서 인산편지를 기다리셨다는 것을 알았기 때문이었습니다. 어느 분은 맘을 졸이면서 기다리시기도 했고, 또 어떤 분은 제게 무슨 일이 생겼나 궁금하셨다고 했습니다.

세상에 어떤 연애편지가 이것보다 더 궁금하고 절실할까요? 인산편지를 아끼시고 사랑하시는 그 마음에 깊이 감사드리며, 올해도 자연, 사람, 사랑이 담긴 인산편지, 사유와 성찰의 인산편지가 되도록 미력한 힘이나마 최선을 다하겠습니다.

사랑하는 인산편지 가족 여러분!

우연히 들여다 본 책장에서 아주 오래된 책, 그것도 늘 마음속에 남아 있는 책을 발견하는 기쁨을 경험해 보신 적이 있습니까?

"꿈을 잃고 좌절하는 사람들에게 내 삶을 통해 당장은 길이 보이지 않지만 꿈과 용기를 가지고 도전하다 보면 길이 나타난다는 것을 보여주고 싶다. 나는 그들에게 작으나마 분명하게 존재하는 희망의 증거가 되고 싶은 것이다."

-서진규, 『나는 희망의 증거가 되고 싶다』 중에서

이사를 하고 나서 책 정리를 하다가 집무실 책장에서 저는 한 권의 책을 발견했습니다. 서진규 씨의 자전에세이입니다.

어느 한 개인의 삶을 들여다보는 것은 그 자체로도 많은 의미가 있습니다. 어떤 경우에는 조금 과장된 측면도 있을 거라고 생각하면서도 한 사람의 지나온 삶, 그것도 순탄한 길이 아닌 험난한 길을 딛고 일어선 삶이 주는 감동과 교훈은 우리가 삶을 살아가는데 있어 충분한 가르침이 되고도 남습니다.

서진규 씨의 삶 또한 마찬가지입니다. 가발공장의 공원에서 미육군의 소령, 그리고 하버드대 박사까지 쉼 없이 이어간 그녀의 도전을 통해 우리는 희망을 바라볼 수 있고, 발견할 수 있습니다.

이 책이 제 가슴 속에 늘 남아 있는 것은 내용도 내용이지만 무엇보다도 제목으로 인함입니다. '나는 희망의 증거가 되고 싶다.' 이 세상을 향해 이렇게 자신 있게 말할 수 있는 그 담대함 속에 진정 희망을 발견했기 때문입니다.

그 이후에 저 역시 많은 후배들에게 제 자신이 희망의 증거가 되고 싶다는 말을 하곤 했습니다. 저 역시 순탄하게 살아온 군 생활이 아니기에, 진급의 가능성이 희박한 상황 속에서도 늘 희망을 잃지 않고 도전하고 성취하며 살아 온 삶이기에 감히 그렇게 말하고 싶었습니다.

그 도전의 여정은 지금도 계속되고 있습니다. 그래서 후배들에게, 어느 누군가에게 희망의 증거가 되고 싶다는 저의 소박하지만 원대한 바람은 지금도 현재진행형입니다.

이런 제 마음을 담아 당신께 묻습니다.
"당신은 이 세상 그 누구에게 희망의 증거가 되고 싶습니까?"

무엇보다도 당신 자체가 그 희망의 증거가 되었으면 합니다. 당신이 살아있다는 것, 당신이 존재한다는 것 자체가 어느 누군가에게 있어서는 가장 큰 희망임을 명심하십시오.

무엇이 되지 않아도, 높은 자리에 오르지 않아도, 무엇을 성취하지 않아도, 돈을 많이 벌지 않아도 당신 자체가 그 누군가에게 희망의 증거임을 늘 기억하십시오. 당신이 누군가에게 희망의 증거가 될 때, 우리 모두가 서로 서로에게 희망의 증거가 될 때 우리가 사는 이 세상은 지금보다 더 따뜻하고 아름다운 세상이 될 거라고 저는 확신합니다.

-20180109

◆

혹시 당신의 마음이 휑하지는 않습니까?

겨울 들녘

-인산 김인수

겨울 들녘을 보면
온통 얼어붙은 들풀 속에서
고개 내미려는 풀들이 보여

겨울 들녘에 서면
아직 추위가 기승을 부려도
봄이 오고 있는 소리가 들려

겨울 들녘은
그냥 쓸쓸하고 휑한 줄만 알았는데
꿈틀거리는 생명이 조금씩 보이고
살아있다는 환희가 신나게 들려 와

겨울 들녘이 아니라
바라보고 섰는 내 맘이 휑했다는 걸
거기 서서 보고 듣고서야 느껴져 와

강추위가 길게 이어지고 있습니다. 이제 어느 정도 적응이 되었겠지만 그래도 많이 힘드실 줄 압니다. 특히 형편이 어렵고 힘든 분들에게는 더 힘든 시기입니다. 무엇보다도 따뜻한 마음이 절실히 필요한 시점입니다.

올 겨울이 유독 추운 이유는 잘 아시는 것과 같이 지구온난화의 영향입니다. 북극해의 얼음이 급격하게 사라지면서 대기로 많은 양의 수분이 방출됐고, 이로 인해 추운 공기를 북극에 가둬주는 역할을 하는 극소용돌이가 약해지면서 매서운 한파가 아래로 내려온 것이라 합니다.

우리나라만 그런 게 아닙니다. 미국은 체감온도가 영하 70도까지 떨어졌다고 하니 가히 그 위력과 영향을 짐작하고도 남음이 있습니다. 위대한 자연이 인류에게 주는 경고를 더 늦기 전에 유심히 새겨야 할 것입니다.

이렇게 추운 날이 계속되는 가운데 주말이 지났습니다. 상쾌한 월요일 아침에 편지를 띄우면서도 "굿모닝!"이라는 인사를 못한 것은 밀양의 한 병원에서 일어난 화재 참사로 인함입니다. 마음이 무거운 건 모든 분들이 다 같으시리라 믿습니다.

제천에서의 사고가 있은 지 얼마 지나지 않았는데 또 이런 일이 일어나니 참담한 마음 이루 말할 수 없습니다. 국민들이 안심하고 살아갈 수 있는 안전한 대한민국을 만들기 위해 지금보다 더 많이 노력하고 또 노력해야 합니다.

안전한 대한민국은 어느 누구 한 사람의 힘만으로 이루어질 수 없습니다. 군인이나 경찰관, 소방관 등 국민의 생명과 재산을 지키기 위해 불철주야 노력하는 분들만이 하는 것도 아닙니다. 우리 모두의 일이고, 특히 어른들의 몫입니다.

우리의 자녀들이, 아들과 손자 그리고 그 후손들이 마음 놓고 살아갈 수 있는 나라, 안심하고 생활할 수 있는 나라를 꼭 만들어야 합니다. 밀양 화재사고로 안타깝게 유명을 달리하신 분들의 명복을 빌며 부상당하신 분들의 쾌유를 기원합니다.

사랑하는 인산편지 가족 여러분!

월요일 아침부터 조금 무거웠습니다. 새벽기도를 가려고 길을 나서니 추위에 어느새 적응이 된 모양입니다. 그리 춥지 않습니다. 다행히 이번 주 중반부터 평년 기온을 되찾는다고 하고, 돌아오는 일요일은 입춘입니다.

물론 입춘이라고 해서 당장 엄청 따뜻해지거나 봄이 왔다고는 할 수 없으나 그래도 봄이 오는 길목에 접어들은 것은 분명하니 새봄이 우리 곁에 바짝 다가오고 있다는 것에 새로운 희망을 가져 봅니다.

문득, 들판에 섰습니다. 들판을 바라보았습니다. 말 그대로 빈 들판입니다. 아무것도 없습니다. 작년 가을 이후로 그렇게 휑하니, 아무것도 없이 혼자 있던 땅입니다.

그 땅에는 사람들의 발길도 끊어졌습니다. 바쁘게 하루하루를 지내는 사람들이 거기까지 올 리 만무합니다. 볼 것도, 놀 것도, 먹을 것도 없으니까요. 그렇게 홀로 견뎌온 땅, 홀로 지켜온 땅입니다.

시인의 눈에 비친 겨울 들녘은 쓸쓸하고 휑한 곳이 아니었습니다. 고요하기만 한 곳도 아니었습니다. 그곳은 마치 곧 무슨 일이 일어날 것만 같은 폭풍전야의 땅이었습니다.

그 폭풍은 생명을 쓸어버리는 폭풍이 아니라 생명을 잉태하는 폭풍입니다. 환희를 몰고 오는 폭풍입니다. 시인은 그 폭풍을 빈 들판 겨울 들녘에서 보았습니다. 가슴이 뜨거워져 옵니다. 추위는 잊은 지 오랩니다. 한동안 그 빈 들판 겨울들녘에 서서 바라봅니다.

우리가 살아가는 이 세상엔, 우리가 몸담고 있는 이 위대한 자연엔 휑한 곳이 없음을 깊이 깨닫습니다. 그래도 휑한 곳이 있다면 그곳은 오직 한 곳! 바로 당신의 마음입니다. 그러니 당신의 마음만 채우면 이 세상은 꽉 들어차게 되는 것입니다.

채우십시오. 다른 곳은 신경 쓰시지 말고 오직 당신의 마음 속 휑한 곳을 채우십시오. 당신이 소중하게 여기는 아름다운 가치들로 마음껏 채우십시오. 할 수만 있다면 오직 믿음으로, 소망으로, 사랑으로 채워 가십시오. 당신이 살아갈 아름다운 세상을 위해 채우십시오.

겨울 들녘에 서서 당신께 묻습니다.
"혹시 당신의 마음이 휑하지는 않습니까?"

이 물음을 붙들고 당신도 당신의 겨울 들녘에 서 보십시오. 무엇으로 당신의 휑한 마음을 채워가야 할지 그 겨울 들녘은 분명 가르쳐 줄 겁니다.

-20180129

3부

지금 누가, 무엇이 당신을 위로합니까?

◆

당신의 지혜도 시간과 더불어 옴을 알고 계십니까?

이른 새벽부터 하루를 시작하면 좋은 점이 참 많습니다. 선물처럼 주어진 이 하루를 세상의 많은 사람들 가운데서도 일찍 맞이한다는 마음에 가슴이 벅찹니다. 똑같이 주어진 시간을 더 많이 가질 수 있음도 좋습니다.

무엇보다도 새벽부터 아침으로 이어지는 그 고요한 시간을 온전히 가지면서 묵상하고 기도하는 게 그렇게 좋을 수 없습니다. 반면에 아침에 일어나기가 힘든 분들도 있습니다. 밤에는 늦은 시간까지 있을 수 있는데 아침에 일찍 일어나는 것은 어려운 분들입니다.

사람마다 생체리듬이 있고, 라이프 사이클이 있기에 무엇이 좋다 나쁘다의 문제는 아닙니다. 저녁형 인간은 그 시간을 깊은 밤에 홀로 가질 수 있으니까요. 그래서 저는 하루 중에 어떤 시간이든 우리 인산편지 독자님들께도 종교를 떠나, 기도의 대상을 떠나 하루의 삶 중에 그런 시간을 꼭 가지시길 권하고 싶습니다. 그 시간이 우리의 삶을 더 깊게 만들 것임을 알고 있기 때문입니다.

군인과 결혼한 사람을 우리는 흔히 군인가족이라고 합니다. 군인가족이라는 말은 군인이라는 보통명사에 가족이라는 보통명사가 붙어서 또 하나의 보통명사가 된 말입니다. 사실 엄밀하게 말하자면 군인가족은 군인이 있는 집안의 전 구성원을 두고 칭해야 하지만, 또 군인의 아내만을 지칭할 때는 군인아내라고 해야 하지만 어디서부터 연유된 것인지는 몰라도 통상 군인가족이라고 하면 군인의 아내를 칭합니다. 군인가족의 삶은 곧 군인이 삶입니다. 군인과 결혼한 순간부터 군인가족도 군인과 같은 삶을 살아갑니다. 결코 쉽지 않은 삶입니다. 그래서 저는 군인가족을 좋아하고 존경합니다.

후배들이나 같이 근무하고 있는 동료들의 아내를 보면 그렇게 좋을 수가 없습니다. 그들의 삶을, 그들의 마음을, 그들의 생각을, 그들의 애환을 누구보다도 잘 알고 있기 때문입니다.

군 생활을 30년 넘게 하게 되면 이사를 평균 20번 넘게 합니다. 생전 처음 가보는 전방 골짜기로부터 해안, 강안, 고지에 이르기까지 가보지 않는 곳이 없습니다. 한 곳에 근무하는 기간도 길어야 2~3년이고, 1년에 한 번씩 자리를 옮기며 이사를 하는 경우도 많습니다. 이런 삶을 살아야 하기 때문에 군인가족들이 가장 힘들어하는 부분이 자녀 양육과 보육, 자녀 교육에 관한 부분입니다. 자기 자신은 온갖 어려움을 감수할 수 있어도 그 어려움을 자녀들에게까지는 물려주고 싶지 않은 것이 부모의 마음이기 때문에 많은 고민을 합니다.

지금은 출산휴가, 육아휴직 제도 등도 확대되어 어려움이 조금은 덜하지만 그래도 아이를 키우면서 군인 또는 군무원으로 근무하는 분들, 군인가족으로 살아가는 분들은 다른 사람들보다 조금 더 많은 어려움을 겪고 있습니다.

저는 몇 년 전에 육군본부에서 복지정책과장으로 근무했습니다. 그 당시 다른 어느 것보다도 군내 여성인력을 위한 복지와 군인가족을 위한 복지 향상에 많은 노력을 기울였습니다.

과 내에 군인가족지원정책장교라는 직책이 있어 그 업무를 전담하게 했습니다. 비록 그 자리를 떠났지만 이에 대한 관심과 노력은 지금도 계속되고 있습니다.

중요한 것은 그러한 노력은 비단 군 내부에서만 이루어질 문제는 결코 아니라는 겁니다. 군의 복지는 군의 일이 아니고 국가의 일입니다. 국가를 방위하고 국민을 지키는 숭고한 길을 걸어가는 군인과 군무원들을 위해서 나라가 나서야 할 일입니다.

앞으로도 군에 종사하는 분들의 복지 증진과 향상을 위해 더 많이 노력할 것입니다. 군에 종사하는 남편과 아내들이 아무 걱정 없이 주어진 임무에 최선을 다할 수 있도록 군인과 군인가족들의 복지를 증진시키고 향상시키는 일이 곧 국가안보를 튼튼히 하는 일임을 우리 모두는 알고 있습니다.

사랑하는 인산편지 가족 여러분!

내일은 우리 연무대에 근무하는 군인가족을 위한 가족사랑콘서트가 있습니다. 군인가족 보안교육을 겸하여 열리는 자리입니다. 군인가족들의 헌신을 위로하고 격려하는 자리입니다. 다양한 프로그램들이 준비되어 있습니다. 저는 그 시간이 많이 기다려집니다. 많은 군인가족들을 만나는 시간, 그 아름다운 사람들과 아름다운 시간을 함께 할 생각에 마음이 설렙니다. 행복은 좋은 사람들과 좋은 시간을 함께 지내는 것이라고 했습니다. 아마도 그 시간은 다른 그 어느 때보다도 행복한 시간이 될 줄 믿습니다.

지혜는 시간과 더불어 온다
-예이츠

잎은 무성해도 뿌리는 하나

거짓 많던 내 젊음의 나날
햇빛 속에서 잎과 꽃들을 흔들었지만
이제 나는 진실을 찾아 시들어가리

「지혜는 시간과 더불어 온다」 예이츠가 전하는 짧은 시 한 편이 가슴에 더 와 닿는 이유는 결코 짧지 않은 시간을 군인가족으로 살아오면서 가슴에, 마음에 오롯이 담겨있을 그 지혜로 인함입니다.

나라를 지킨다는 게 무엇인지, 나라를 사랑한다는 게 어떤 것인지 늘 곁에서 지켜보면서 때로는 가슴 졸이고, 때로는 마음 아파하며 살아온, 그리고 지금도 살아가는 이 땅의 군인가족 들의 그 시간을, 그 지혜를 저는 앞으로도 계속 존경하고 사랑하면서 지지하고 응원할 것입니다.

군인가족들의 시간들이 쌓여 이 나라가 지켜졌듯이 당신이 지내오고, 당신이 살아온 시간들이 당신을 지켜왔습니다. 그 시간들과 더불어 온 지혜가 당신을 당신답게 만들었고, 당신을 당신으로 살아갈 수 있도록 했음을 기억해야 합니다. 그런 당신을 존경하고 사랑합니다.

"당신의 지혜도 시간과 더불어 옴을 알고 계십니까?"

오늘 인산이 던지는 이 물음을 깊이 사유하면서 행복한 하루를 보내시길 마음 모아 소망합니다.

-20180515

◆

이 세상, 당신도 변함없는 모습으로 서 계실 수 있습니까?

꿈같은 연휴가 지났습니다. 아름다운 계절, 아름다운 달 5월에 맞이한 황금연휴였습니다. 어린이날과 오늘 어버이날까지 이어지는 기간이라 그런지 더 좋았습니다. 우리 인산편지 식구님들도 가족과 함께 행복한 시간들을 보내셨으리라 믿습니다.

마침 연휴 내내 내리던 비도 멈췄습니다. 푸르러 가는 신록이 더 푸르고, 맑아져 가는 세상이 더 맑습니다. 이처럼 세상을 아름답게 만드는 것을 보니 오월에 내리는 비는 요술비입니다. 이처럼 아름다운 세상을 허락하신, 이런 세상에서 살아갈 수 있도록 또 하루를 허락하신 하나님께 감사하고, 감사합니다.

지난 연휴에 저 역시 좋은 시간을 가졌습니다. 동기생 모임이 있었습니다. 소령 때 전역한 후 미국에서 살고 있는 동기생이 최근에 잠시 귀국을 했기에 생도시절을 함께했던 중대 동기생들과 만났습니다. 덕분에 모처럼 남산에 있는 그랜드 하얏트 리젠시 호텔도 가봤습니다.

하얏트 리젠시 호텔은 제게 문화적 충격으로 남아있는 장소입니다. 고등학교 1학년 때 저는 친구를 따라 버스를 타고 서울에 간 적이 있습니다. 어릴 때는 부모님을 따라서 몇 번 서울에 있는 친척집에 다니러 간 적이 있었고, 어린이대공원으로 수학여행도 다녀왔기에 서울구경을 한 번도 못해 본 촌놈은 아니었습니다만, 그래도 촌놈은 촌놈이었습니다.

한강다리를 건너면서 보니 맞은편에 커다란 건물이 반짝거리며서 있는 것이었습니다. 제가 "와!" 감탄사를 내뱉자 친구는 제게 이렇게 말했습니다. "야! 저게 하얏트 호텔이야. 안에서는 밖이 다 보이는데 밖에서는 안이 하나도 보이지 않는대."

바다같이 넓고 크게 펼쳐져 있는 한강과, 멋진 모습으로 엄청난 위용(?)을 자랑하고 있는 하얏트가 촌놈이 서울에 입성한 날을 기념하려고 도열해 있는 축하사절로 느껴졌던 그날의 기억이 늘 한 켠에 자리 잡고 있습니다.

그 하얏트에서 동기생들과 함께 식사를 하면서 즐거운 시간을 보냈습니다. 마치 생도시절로 다시 되돌아간 기분이었습니다. 30년이면 그리 짧지 않은 세월인데, 좋은 친구들과 함께 하니 30년이라는 그 시간이라는 것도 그냥 우리의 관념 속에서만 존재하는 걸 느낍니다.

모습과 말투, 감정과 느낌 그 어느 것 하나 낯설지 않습니다. 그 시절 그대로입니다. 무엇보다도 지금 각자 각자의 모습이 다 좋습니다. 전방에서 지휘관을 하는 친구도 있고, 국방부에서 중책을 수행하는 친구도 있고, 외국에 나가 있는 친구, 일찍 전역하여 직장에 다니는 친구도 있지만 하나같이 다 좋습니다.

살아온 환경이 다르고, 해왔던 일도 다르고, 모든 게 다른 것 천지인데 어찌 그럴 수 있는지 참으로 신기하기만 합니다. 그러면서 금세 깨닫습니다. 역시 마음입니다. 모든 게 마음으로 인함입니다. 그 순수했던 시절의 그 마음이 하나도 변한 게 없기 때문입니다. 제 마음이 변하지 않았고, 친구들의 마음 역시 변하지 않은 까닭입니다.

모두가 제 위치에서 올바르게 살아가는 모습, 잘 살고 있는 모습을 보면서 더 잘 되라고, 더 잘 살라고 소원하는 마음이 먼저 듭니다. 사촌이 땅을 사면 배가 아프다는 말은 도리에 맞지 않습니다. 정말이지 내가 잘 아는 사람, 내가 좋아하는 사람, 내가 사랑하는 사람이면 그 누구 할 것 없이 잘 되어야 하고, 잘 살아야 합니다. 그 모습을 보는 것만으로도 큰 기쁨임을 우리는 알아야 합니다.

이러한 관계 속에는 시기, 질투 같은 감정은 어울리지 않습니다. 존재할 수 없습니다. 오직 감사와 은혜와 축복만이 존재합니다. 제가 특별히 마음이 넓어서 그런 게 아닙니다. 우리 모두는 그렇게 살아야 합니다. 그런 삶이 우리 모두가 꿈꾸어야 할 삶임을 이번에 친구들과의 만남을 통해 저는 다시 한번 깊이 깨달았습니다.

비록 만난 시간은 길지 않았지만, 그 어떤 시간보다도 의미 있고, 행복했습니다. 무엇보다도 서로 건강하게 잘 살아왔기에 좋은 자리에서 서로가 함께할 수 있는 시간도 허락된 것임을 느끼며 감사의 기도를 올렸습니다. 앞으로의 시간도 그런 감사로, 은혜로 채워지기를 기도하고 또 기도합니다.

사랑하는 인산편지 가족 여러분!

지난주 금요일 인산편지를 띄우고 나니 독자님 한 분이 이런 답장을 보내주셨습니다.

"선생님의 글은 언제나 나를 돌아보게 하고 또 감사함으로 사는 것을 배우게 됩니다. 숨 막히게 살아가는 나날들 속에 오아시스 같은 희망과 신선함으로 채워갑니다. 한층 더 감사합니다.~♡♡♡"

부족한 제 글이 오아시스 같은 희망과 신선함으로 다가갈 수 있다니 참으로 기쁘고 영광입니다. 그렇게 받아주시는 독자님들의 마음이 감사하고 또 감사할 따름입니다. 교만을 경계하면서 늘 겸손한 자리를 향하겠습니다. 낮아지고 또 낮아지면서 자연, 사람, 사랑을 향한 삶을 살아가겠습니다.

인산편지를 통해서 펼쳐갈 저의 꿈과 비전은 원대합니다. 이 세상을 살아가는 우리 한 사람, 한 사람이 모두 소중한 사람으로 존중받는 세상입니다. 그 세상의 모습은 사는 장소, 사는 환경, 사는 조건이 달라도 어느 한 사람도 차별받지 않고, 고통 받지 않는 삶입니다.

어떻게 그게 가능할 수 있냐고, 도대체 글 하나 가지고 이룰 수 있는 것이냐고, 도저히 이루어질 수 없는 지극히 이상적인 모습이라고, 전혀 현실적이지 않다고… 등등 여러 비판을 받을지라도 저는 분명히 그런 꿈을 꾸고 있습니다. 그런 위대한 세상을 꿈꾸고 있습니다.

드와이트 티모시 목사님은 예일대 총장직에서 물러나기 얼마 전에 대학의 교수들에게 다음과 같은 연설을 했다고 합니다.

"우수한 성적을 보이는 학생들에게는 잘 대해주십시오. 그들은 이 다음에 훌륭한 교수가 되어 학교로 돌아올 것입니다. 그러나 C학점 이하를 받는 학생들에게는 더더욱 잘해주십시오. 이들에게 용기와 격려가 잘 주입된다면 언젠가 학교에 와서 거액의 기부금을 내고 새로운 건물을 지어주겠다고 찾아올 것입니다."라고 말입니다.

저는 믿습니다. 하나님은 이 세상에 존재하는 한 사람 한 사람을 그냥 태어나게 하지 않으셨습니다. 모든 사람에게 충분한 가능성을 주셨습니다. 그러니 사람이면 누구나 다 사람이라는 이유 하나만으로 존중받아야 합니다. 귀하게 쓰임 받을 수 있는 분명한 이유가 있음을 믿어야 합니다.

또 사람이면 누구나 다 그럴 수 있습니다. 사람이면 누구나 다 그래야 합니다. 김광규 시인의 「대추나무」를 보면 그런 마음가짐이 잘 나타나 있습니다. 대추나무 한 그루도 이 세상에서 그러할진대 사람이 안 그러면 되겠습니까? 이 세상에 존재하는 무엇보다도 특별히 나무를 좋아하는 제게는 시인이 전하는 대추나무의 그 변함없는 모습이 참 좋습니다.

대추나무는 수많은 손과 수많은 팔 모두 높다랗게 치켜든 채 아무것도 가진 것 없이 빈 마음 벌거벗은 몸으로 겨우내 하늘을 향하여 꼼짝 않고 서 있습니다. 나무가 아니라면, 대추나무가 아니라면 정말 무엇이 그럴 수 있을까요? 시인의 마음이 딱 제 마음입니다.

그런 모습이기에 수많은 시간들 몸으로 견뎌내며 변함없이 서 있을 수 있는 것입니다. 어디 그냥 서 있기만 합니까? 연녹색 이파리들 돋아내고, 앙증스런 열매들도 빨갛게 익혀낼 수 있는 겁니다. 그 작은 열매에 담겨 있는 수많은 태풍, 천둥, 벼락 등등은 또 어찌 말로 다 설명할 수 있겠습니까? 변함없는 모습이 진정 아름답다는 걸 대추나무는 우리에게 전하고 있습니다.

이런 마음을 담아 오늘 인산이 당신께 묻습니다.
"이 세상, 당신도 변함없이 같은 모습으로 서 계실 수 있습니까?"

저는 다짐합니다. 늘 변함없는 모습으로 서 있겠다고 말입니다. 지난 주말에 만난 제 친구들이 변함없는 모습으로 삼십 년을 함께

해 온 것처럼 저 역시 늘 변함없는 모습으로 그렇게 살아갈 겁니다. 아무것도 가진 것 없이 빈 마음으로, 벌거벗은 몸으로도 충분히 그렇게 제 자리에서 꼼짝 않고 서 있을 수 있습니다.

지금보다 더 많이 가지려고 하면 그러기 쉽지 않겠지요. 더 높이 올라가려 아등바등 대면 그러기 쉽지 않겠지요. 세상의 자랑과 욕망을 구하려 하면 정말 그러지 쉽지 않을 겁니다. 변하지 않고서는 그럴 수 없으니까요. 변해야만 그런 걸 할 수 있고, 가질 수 있으니까요.

변하지 않은 게 쉽지 않다는 걸 저는 압니다. 말로는, 마음으로는 욕심내지 않겠다 하면서도 막상 닥치면 다르다는 것도 잘 압니다. 욕망 앞에서 자유로운 사람은 많지 않기 때문입니다. 그래서 매일매일 사유하고 성찰하면서 다짐해야만, 기도해야만 되는 일입니다.

당신도 부디 변함없이 당신의 자리에 서 계셨으면 합니다. 이 세상에서 당신이 서 있는 존재의 의미를 아름답게 전하면서 당신의 자리에서 변함없이 하늘을 향해 두 손과 두 팔 높다랗게 치켜든 채서 계셨으면 좋겠습니다. 제가 언제든지 당신을 찾아갈 수 있게, 언제라도 같이 서 있을 수 있게 말입니다.

저와 당신이 그렇게 대추나무와 같은 삶을 꿈꿀 때 우리가 사는 이 세상은 지금보다 더 아름다울 거라 저는 믿습니다.

오늘은 어버이날입니다. 자식들을 변함없는 사랑으로 품어 주시는 이 세상 모든 부모님의 사랑에 감사합니다. 깊고 넓은 부모님의 사랑을 생각하면서 행복한 하루를 보내시길 빕니다.

-20180508

◆

당신은 당신 자신을 믿으십니까?

소중한 하루, 첫 날이 다시 시작되었습니다. '다시'라는 표현을 하니 왠지 모르게 새로운 힘이 솟는 듯한 느낌입니다. '다시'라는 말 속에는 지난 시간들 속의 아쉬움, 미련 등을 털어버리고 새롭게 시작할 수 있다는 기대와 희망이 들어있기 때문입니다.

날마다 주어지는 선물인 '오늘' 하루에 집중을 하다 보니 밤이 되면 스스로 하루를 돌아보는, 바둑에서 말하는 이른바 복기의 시간을 갖게 됩니다. 그게 제가 늘 말씀드리는 성찰의 시간입니다. 짧게나마 그 시간을 가짐으로써 하루는 비로소 끝을 맺습니다.

서두에 아쉬움, 미련 등의 단어를 언급했지만, 솔직히 말씀드려서 저나 당신이 보내고 있는 하루하루의 삶에서 아쉬움, 미련 등이 크게 자리 잡고 있을 이유는 없을 거라고 생각합니다. 그것은 오늘 우리에게 주어진 이 하루가 내일에도 여전히 반복될 거라는 강한 믿음이 있기 때문일지도 모릅니다.

그 믿음이 있기에 비록 부족했을지라도 그리 문제가 될 것이 없고, 많이 아쉬울지라도 이해가 되고 용서할 수 있을 정도까지 자기 자신을 다독입니다. 그 다독임이 우리의 삶을 이끕니다. 언제라도 만회할 수 있다는, 새로 시작할 수 있다는, 다시 일어설 수 있다는 희망으로 말입니다.

그런 면에서 보면 로마의 시인 호라티우스가 노래한 '카르페 디엠'도 할 수 있다면 내일에 대한 믿음일랑은 버리라고 딱 잘라서 말할 것이 아니라, 최선을 다한 오늘이라는 날의 끝자락 한 구석에는 반드시 이 믿음과 희망의 끈을 붙들어 매어 놓아야만 할 거라 생각합니다. 호라티우스가 노래한 속뜻은 분명 그럴 겁니다.

사랑하는 인산편지 가족 여러분!

『바보 빅터』라는 책이 있습니다. 여러분도 잘 아시는 『마시멜로 이야기』를 쓴 호아킴 데 포사다가 쓴 책입니다. 학창 시절 선생님의 어이없는 실수로 인해 IQ 173의 천재가 17년 동안이나 IQ 73의 바보로 살았던 멘사 회장의 이야기를 다룬 책입니다.

혹시 책을 읽을 때는 '줄거리의 악몽에서 벗어나라'고 한 제 말을 기억하시는지요? 그래서 줄거리에 대해서는 별도로 언급하지 않겠습니다. 재미와 감동이 함께 있는 책입니다. 그래서 술술 넘어갑니다. 설날 연휴 동안에 읽은 책 중에 하나입니다.

저자는 서문에서 말합니다. 이 책은 우리 인생에서 결코 잊어서는 안 되는 '진실'을 말하고 있는 책이라고 말입니다. 저는 그 진실이 무엇인지 몹시 궁금해졌습니다. 그리고 그 궁금증은 곧 풀렸습니다.

"Be Yourself(너 자신이 되어라). 최후의 순간까지 자신에 대한 믿음을 버려서는 안 돼. 성공하는 사람들은 긍정적인 정보를 믿지."

"깨달음, 인류애, 애국, 예술적 발전, 미지의 탐구, 사회공헌… 이런 고귀한 목표를 가진 사람들은 남과 자신을 비교하지 않아. 고귀한 목표는 비교급이 아니니까. 무엇보다 고귀한 목표는 우리를 당당하게 만들어."

"당신이 무엇을 믿느냐에 따라 당신의 현실이 결정된다. 사실 사람들이 자신을 믿지 못하는 가장 큰 이유는 두려움이란다. 오늘이

지상에서 마지막 날일 수도 있다는 생각을 가지고 매일 후회 없는 하루를 살기 위해 노력했지."

"이 세상에 완벽하게 준비된 인간이란 존재하지 않아. 또 완벽한 환경도 존재하지 않고. 존재하는 건 가능성뿐이야. 시도하지 않고는 알 수가 없어. 그러니 두려움 따윈 던져버리고 부딪쳐보렴. 너희들은 잘할 수 있어. 스스로를 믿어봐."

책을 읽는 내내 빅터와 로라, 레이첼 선생님의 마음을 오가며 저는 그들이 제게 전하고자 하는 메시지를 받았습니다. 그리고는 깜짝 놀랐습니다. 그들의 말은 곧 인산편지를 통해 제가 늘 전했던 그 말과 다름이 없었기 때문입니다.

2차대전 당시 아우슈비츠 수용소에서 살아남았고, 오히려 그곳에 있었던 사람들을 관찰하면서 연구한 유태인 의사 빅터 프랭클, 그는 훗날 이렇게 말했다고 합니다. "인간이 인생을 바쳐서라도 진정으로 추구하려고 하는 것은 바로 의미 있는 삶을 사는 것이다."

그 마음들을 모아 오늘 인산이 당신께 던지는 사유와 성찰의 물음은 이것입니다.

"당신은 어떠한 상황에서도 당신 자신을 믿으십니까?"

자기 믿음! 의미 있는 삶, 가치 있는 삶을 살아가려면 이것이 있어야 합니다. 반드시 있어야 합니다. 자기 믿음이 없는 사람은 정말 바보입니다. 바보 빅터는 그의 결코 부끄럽지 않은 지난 17년 삶을 통해 이 위대한 진실을 우리에게 가르쳐 주고 있습니다.

-20180220

◆

헤진 마음 한 자락 곱게 다려 누구에게 선물로 주시겠습니까?

지난주 금요일 인문학 강의의 여운이 오래 이어지고 있습니다. 많은 분들께서 '오늘'이라는 날의 소중함, '지금'이라는 순간의 소중함을 깨닫게 되었고, 앞으로 어떻게 살아갈 것인가에 대한 깊은 사유를 하게 되었다고 합니다. 그동안 책을 읽어야 한다고 생각을 하면서도 늘 마음만 있었는데, 그래서 책을 생각할 때면 부담이 많았었는데 책을 읽는 것에 대한 생각을 달리 했고, 좀 더 편안한 마음으로 책을 잡을 수 있다고 하십니다.

참으로 감사한 일입니다. 한 분 한 분의 진심어린 말씀이 눈물겹습니다. 그분들의 감동으로 인해 제가 더욱 감동받습니다. 부족한 저의 강의가 많은 분들에게 선한 영향을 끼친 것에 대해 저 역시 큰 보람이요, 영광입니다.

작가에게 있어 가장 큰 영광은 독자님들로부터 받는 공감입니다. 독자가 없는 작가는 의미가 없다고 해도 과언이 아닙니다. 같이 공유할 수 있는 독자가 있어야 비로소 작가다운 작가라 할 수 있습니다.

인산편지의 많은 독자님들 중에는 제가 아는 분들도 있고 아직 한 번도 뵙지 못한 많은 분들도 계십니다. 그래서 수년 째 온라인상으로만 뵙는 독자님들은 여러 가지에 대해 많이 궁금해 하십니다.

어제도 어느 독자님께서 답장을 보내시어 인산편지 가족들을 위한 인문학 강의는 언제 할 것인지 여쭤 보셨습니다. 구체적인 일정까지 말씀드릴 순 없지만 함께 할 수 있는 좋은 기회를 갖도록 노력하겠습니다.

신문을 보니 문화체육관광부에서 우리나라 국민들의 독서실태를 조사한 내용이 실렸습니다. 제목이 가히 충격적입니다. "지난해 성인 40% 책 한 권도 안 읽어" 아무리 기사 내용을 자세히 읽어 보아도 믿기지 않습니다. 40%가 책을 단 한 권도 읽지 않았다니요?

어쩌면 충격이 아니라 안도를 하는 분들도 있을 줄 압니다. "아! 나는 그 40% 안에 절대 들지 않는 사람이구나."라고 말입니다. 아마도 인산편지 독자님들은 절대 그 40%에는 속하지 않을 분들임에 틀림없습니다.

지난 1년 간 일반도서를 읽은 사람은 성인의 경우 59.9%, 학생은 91.7%였다고 조사결과는 밝히고 있습니다. 성인 독서율은 지난 1994년 처음 조사가 시작된 이래 가장 낮은 수치를 기록했다고 합니다.

그러면 왜 이렇게 책을 잘 읽지 않는 걸까요? 책 읽기를 어려워하는 요인으로는 '시간이 없어서'라는 응답이 성인 32.2%, 학생 29.1%로 가장 많았고, 이어서 성인은 휴대전화 이용과 인터넷 게임을 하느라가 19.6%, 학생은 책 읽기가 싫고 습관이 들지 않아서가 21.1%로 나타났습니다.

저는 이 조사에서 학생들이 대답한 '책 읽기가 싫고', '습관이 들지 않아서'라는 말에 주목합니다. 학생들이 왜 책을 읽기 싫을까요? 왜 책 읽는 습관이 들지 않을까요? 물론 여러 가지 이유가 있을 수 있겠지만, 저는 책을 읽는 것에 대한 잘못된 인식과 방법이 주 원인이라고 생각합니다.

그 대표적인 것이 제가 강의 시에 힘주어 강조한 "줄거리의 악몽에서 벗어나라."입니다. 저 역시 마찬가지지만 학교에 다닐 때 독후감을 쓰거나, 앞에 나가서 발표를 할 때는 늘 줄거리에 대한 질문을 받았고, 줄거리에 대해 쓰거나 말했던 기억이 있습니다.

돌이켜보면 그 책을 읽은 것이 내 자신에게 어떤 의미가 있는지는 생각조차 해본 적이 없었습니다. 그러니 책을 읽고 나서는 늘 "아, 나 그 책 읽었어. 읽어 봤어."라는 공허한 만족감을 가지고 다른 많은 읽어보지 않은 친구들보다 우쭐한 마음, 우월하다는 생각에 빠져 있었던 것입니다. 이런 마음은 아마 저만의 경험은 아닐 겁니다.

어제는 퇴근 후에 같이 근무하고 있는 동료들과 식사를 하는 자리가 있었습니다. 부대의 예산을 담당하고 있는 부서입니다. 그 부서의 장이신 과장님은 저와 전에 같이 근무했던 전우로서, 다다음 달이면 30년 이상 몸 바쳐 온 군문을 떠날 분이십니다. 병역명문가로서 명예롭게 군 생활을 해오신 분이십니다. 함께하고 있는 동료들도 모두 더 어려운 여건에도 불구하고 맡은 바 직책에서 최선을 다하고 있는 분들입니다.

맛있는 식사를 하면서 많은 이야기들을 주고받았습니다. 감사하게도 그분들은 그 자리를 '작가와의 대화'로 받아주셨습니다. 인산편지에 대해 궁금했던 점들, 이를테면 언제부터 편지를 썼는지, 바쁜 시간들 속에서 언제 편지를 쓰는지, 잠은 도대체 얼마나 자는지… 등등 정말 작가와 독자와의 만남이었습니다. 귀한 시간을 함께해준 우리 예산과 식구들에게 이 자리를 빌려 고마움을 전합니다.

그분들과 함께한 시간들 속에서 저는 같이 더불어 살아가는 것의 의미를 생각했습니다. 남을 남이 아닌 나처럼 대하고자 하는 삶, 내가 내가 아닌 남처럼 되고자 하는 삶이 바로 더불어 살아가는 삶입니다. 지금, 이 순간, 내 곁에 있는 사람들이 얼마나 소중한 사람들인지 순간순간 깨달으며 살아가는 삶입니다.

저는 압니다. 지금 제게 주어지는 그 선물 같은 삶이 얼마나 소중한지를요. 날마다 대하는 수많은 훈련병 아들들, 훈련이 끝나면 야전으로 보내고, 다시 맞이하는 수많은 아들들… 이 땅의 그 귀한 젊은이들이 내 인생에 있어 얼마나 소중한 사람들인지를요. 그래서 그들을 볼 수 있고, 만날 수 있는 훈련장에 가는 것이 제가 하는 하루의 일과 중에서 가장 가슴이 뛰는 일이라는 것을요.

사랑하는 인산편지 가족 여러분!

'카르페 디엠!' 오늘 저는 제게 주어진 '오늘'이라는 선물, '지금 이 순간'이라는 선물을 설레는 마음으로 열어보며 강인호 시인의 「선물」이라는 시를 되새겨봅니다.

가진 것이 없기는 시인이나 저나 마찬가지입니다. 아마 다른 분들도 비슷할 겁니다. 그리 길지 않은 우리의 삶입니다. 그 유한한 시간 속에서, 우리가 살아가는 이 위대한 자연과 이 드넓은 세상 속에서 더 가지려고 발버둥 치며 살아가는 것이 무슨 의미가 있을까요?

그러니 가지지 못한 시인이 부끄럽거나 초라하게 느껴지지 않습니다. 그 시인이나 저나 다 같기 때문입니다. 오히려 "헤진 마음 한 자락/곱게 다려 보내드리겠다"는 시인의 마음이 참으로 아름답습니다.

저는 오늘 그 선물을 받습니다. 곱게 잘 넣어 두었다가 우리 훈련병 아들들을 떠나보내는 연무역에서 눈물 흘릴 때 쓰겠습니다. 시인도 흡족해 하실 겁니다. 아름다운 사람 만나 눈물 흘릴 일 있으면 쓰라고 하셨으니, 조국을 위해 젊음을 바치는 우리 아들들보다 더 아름다운 사람들이 어디 있겠습니까? 그들을 위해 흘리는 눈물보다 더 귀한 눈물이 또 어디 있겠습니까?

"연무역에서 눈물을 흘려보지 않은 군인은 훈련소 군인이 아니다."를 자랑스럽게 외치며 시인이 제게 선물로 건넨 그 "헤진 마음을 곱게 접은 손수건"으로 연무역의 눈물을 닦을 것입니다.

이런 저의 마음을 담아 오늘 인산이 당신께 묻습니다.

"당신은 헤진 마음 한 자락을 곱게 다려 누구에게 선물로 주시겠습니까?"

저부터 드리겠습니다. 제 헤진 마음 한 자락 곱게 다려서 당신께 드리겠습니다. 당신에게 주어진 오늘, 이 하루라는 선물, 그 위에 또 제가 드리는 그 마음의 선물을 곱게 받아주십시오. 아름다운 눈물 흘릴 때 꼭 꺼내어 쓰십시오.

그리고 당신의 헤진 마음도 곱게 다려 당신이 사랑하는 그 누군가에게 꼭 주십시오. 할 수만 있다면 당신의 그 선물을 제가 받고 싶습니다. 꼭 받고 싶습니다.

-20180207

◆

당신에게 있어 그 '단 하루'는 어떤 날입니까?

상쾌한 수요일 아침입니다. 날도 많이 풀렸습니다. 새벽에 길을 나서는데 그리 춥지 않습니다. 아직 추위가 다 물러간 것은 아니지만 그래도 내일까지는 평년 기온을 회복한다고 하니 좋습니다.

사람들은 일반적으로 추운 것보다는 차라리 더운 것이 낫다고 여길 겁니다. 혹독한 추위나, 찌는 듯한 더위 어느 것이나 극단적인 것은 별로 달갑지 않지만 그래도 추위보다는 더위가 낫습니다.

자기 자신의 주위를 돌아보고, 이 세상을 돌아보면 더 그런 생각이 들 겁니다. 아주 극단적으로 생각해서 더워서 죽는 사람은 별로 없지만, 추워서 사람이 얼어 죽었다는 소식은 매년 뉴스에 심심찮게 나오기 때문입니다.

어둠이 깊을수록 새벽은 가까워 오고, 추위가 깊을수록 봄은 멀지 않다는 자연의 섭리, 이치를 생각하면 이 겨울이 우리 곁에서 떠나갈 날도 그리 멀지 않았음을 알 수 있을 것입니다.

오늘 아침에 눈을 뜬 것도, 당신에게 새로운 하루가 주어졌다는 것도, 당신 곁에 여전히 당신이 사랑하는 사람이 있고, 당신이 해야 할 일이 있고, 당신이 보듬어 가야 할 삶이 있다는 사실에 감사하지 않을 수 없음을 깨달으실 겁니다.

요즘은 인터넷, 스마트폰 등으로 뉴스를 쉽게 접하다 보니 신문을 보는 사람들이 점점 더 줄어든다고 합니다. 그래서 아침 일찍 배달되어 온, 잉크냄새가 채 가시지 않은 신문을 펼쳐들고 커피 한 잔을 마시는 사람들의 모습도 쉽게 찾아볼 수 없습니다.

그러나 신문에는 단순히 뉴스만이 아닌 우리가 알아야 할 많은 것들이 들어 있습니다. 약간의 경제적 비용을 투자하는 것이 그리 아깝지만은 않습니다. 전자책보다는 종이 냄새가 나는 책이 좋듯이 신문도 마찬가지입니다. 특히 새로 출간된 책들에 대한 많은 설명과 정보는 제가 좋아하는 읽을거리입니다.

이번 주 금요일, 저는 논산에 와서 첫 '소통과 공감', 인문학 강의를 할 예정입니다. 용인을 떠나면서 앞으로 인문학 강의를 어떻게 할 것인가 많은 생각을 했었는데, 드디어 결심했습니다.

인산편지의 독자님들은 이미 저와 생각이 같으실 거라 여깁니다. 함께 아름다운 세상을 만들어 가는 일을 이미 하고 있으니까요. 그래서 인문학 강의도 멈추지 않아야겠다는 생각입니다. 이는 결코 제 자신을 뽐내거나 드러내는 것이 아니라, 함께 근무하는 사람들과 마음을 나누고 생각을 나누면서 우리가 살아가는 이 세상을 더 아름답게 만들어 나가는 일이기 때문입니다.

그 첫 시간인 이번 주 금요일에는 "어떻게 살아야 할 것인가?"라는 인문학의 가장 근본적인 주제를 가지고 진행할 겁니다. 그러면서 책을 읽는 방법에 대해 동료들께 말씀드릴 생각입니다.

첫 강의를 앞두고 있자니 많이 설렙니다. 마음 같아서는 용인에서 함께 했던 식구들도 모두 초청해서 같이 하고 싶은 마음입니다. 날마다 사유하고 성찰하는 삶을 이끌어 내는 조력자의 역할을 마다하지 않고 세상을 향해 뚜벅뚜벅 저의 길을 걸어갈 겁니다.

이는 말 그대로 '나비효과'입니다. 저 혼자만 꾸는 꿈이 아닌, 같이 근무하고 있는 많은 분들이 꾸는 꿈으로 만들고 싶습니다. 그 꿈을 점점 더 전하며 이 세상에 널리 퍼지게 만들고 싶습니다. 그 꿈을 꾸며 나아가는 저 인산을 많이 성원해 주시길 원합니다.

사랑하는 인산편지 가족 여러분!

『모리와 함께한 화요일』이라는 책을 잘 아시죠? 제가 인산편지를 통해 여러 번 언급한 책입니다. 늘 곁에 두고 읽고 또 읽는 책입니다.

지은이 미치 앨봄은 특별히 제가 좋아하는 작가입니다. 참 좋은 휴머니스트입니다. 그의 글은 따뜻합니다. 어제 제주도에 사는 제 친구가 제게 인산편지는 늘 따뜻하다고 답장을 보내왔습니다.

제가 좋아하는 친구, 누구보다 따뜻한 그 친구가 제주도에서 행복하게 살아가길 이 지면을 빌려 인사하고 싶습니다. 저는 따뜻한 사람, 따뜻한 글, 따뜻한 세상이 좋습니다. 그래서 다른 어떤 글보다도 따뜻한 글을 쓸 것입니다.

사랑하는 사람을 잃고 나서 그 사람과 단 한 번만이라도 다시 이야기해 보기를 원해 본 적이 있는가? 아니면, 그 사람이 죽을 수 있다는 생각조차 못하던 당시의 시간으로 다시 되돌아가기를 간절하게 원했던 적은? 만일 그런 적이 있다면, 당신은 인생을 다 뒤져도 당신이 되돌리고 싶은 그 하루보다 더 소중한 날은 없다는 사실을 이미 알고 있을 것이다.

-미치 앨봄의 『단 하루만 더』 중에서

미치 앨봄의 책 『단 하루만 더』가 바로 그런 책입니다. "단 하루 당신의 삶을 돌이킬 수 있는 기회가 주어진다면 당신이 가장 하고픈 일은 무엇인가?" 작가는 이 질문을 통해 우리의 삶을 돌아보게 하고, 사람은 무엇으로 사는가에 대한 근원적인 깨달음을 얻게 합니다.

그 날, 그 단 하루는 사람마다 다 다를 겁니다. 돌아가신 엄마와 함께 한 마지막 날을 원하는 사람도 있을 것이고, 가족들과 함께 가장 기쁘게 지냈던 그 하루로 돌아가기를 원하는 사람도 있을 겁니다. 사랑하는 사람과 헤어진 사람은 그 사람을 처음 만난 그 하루를 꿈꿀지도 모릅니다. 어떤 날이든 그 하루는 그 사람의 삶에서 가장 소중한 하루임에는 틀림없습니다.

이 마음을 담아 오늘 인산이 당신께 묻습니다.
"당신에게 있어 그 '단 하루'는 어떤 날입니까?"

지금까지 당신이 살아 온 삶, 그 중에서 당신이 택해야 할 그 '단 하루', 그 하루가 당신이 어떤 사람인지를 알려줄 것입니다. 당신이 앞으로 어떻게 살아갈 것인지를 가르쳐 줄 것입니다. 그리고 그 사유와 성찰의 끝에서 당신의 그 '단 하루'가 당신이 눈을 뜬 바로 오늘, 지금 이 순간임을 꼭 깨닫게 되시길 마음 모아 소망합니다.

-20180131

◆

겨울비가 당신께 전하는 말은 무엇입니까?

겨울비가 내리는 새벽입니다. 어제 오후부터 내린 비가 쉼 없이 내리고 있습니다. 겨울엔 그래도 눈이 제격이지만 이렇게 가끔씩 포근할 날을 틈 타 내리는 비도 좋습니다.

어제는 같이 근무하고 있는 동료 몇 분과 저녁식사를 함께 했습니다. 비도 오고 하여 먹음직스런 코다리 한 냄비를 시켜 놓고 막걸리 한 잔을 기울였습니다. 겨울, 코다리, 비, 막걸리… 굳이 설명하지 않아도, 소박한 단어들이 마음 푸근하시지 않습니까?

그렇게 행복한 저녁식사 시간을 함께 하고 관사로 들어왔는데도 비는 멈추지 않고 내렸습니다. 책상 앞에 앉아 테라스 위로 톡 톡 떨어지는 빗방울 소리를 듣고 있자니 그냥 앉아있을 수 없습니다. 그 소리가 무척이나 정겨워 문을 열고 뜰로 나섭니다. 비를 맞아도 좋은, 아니 비를 맞고 싶은 그런 겨울밤이 저를 맞아줍니다.

겨울과 밤과 비가 모두 함께 있는 순간입니다. 문득 이 세 가지의 조합은 무엇일까 궁금해집니다. 억지로 짜내지 않습니다. 생각이 무르익을 때까지, 사유가 거듭될 때까지 기다립니다. 조용히 옮기는 발길 사이로 조금씩 조금씩 무엇인가 올라올 때 그냥 마음으로 받아들이면 됩니다.

갑자기 가수 김종서 씨가 부른 <겨울비>라는 노래가 흥얼거려집니다. "겨울비처럼 슬픈 노래를 이 순간 부를까…"로 시작하는 명곡입니다. 해마다 시월이 되면 <잊혀진 계절>이 떠올려 지듯이 역시 해마다 겨울에 비가 내리면 이 <겨울비>라는 노래가 떠올려 집니다.

아! 겨울과 밤과 비가 어우러진 가장 환상적인 조합은 이별일 수도 있겠다는 생각, 그 세 가지가 한데 모아지는 그 정점의 끝에 이별이 있다면 각자마다 갖는 페이소스를 더욱 극대화할 수 있겠다는 생각이 들었습니다.

그런 생각을 하면서 노래를 불렀습니다. 저를 둘러싼 나무들 외에는 아무도 들을 사람이 없으니 그리 신경 쓰지 않아도 좋은 그 시간과 공간에 제게 허락되어 있음이 참으로 감사한 1월의 어느 날 밤, 인산이 살아가는 모습이었습니다.

사랑하는 인산편지 가족 여러분!

저는 겨울 숲에서 겨울비를 맞으며 <겨울비>라는 노래를 읊조리면서 겨울비 소리를 들었습니다. 겨울비가 제게 전하는 말에 귀를 기울이기 시작했습니다. 머리로, 팔로 약간의 차가움을 전하며 몸으로 부딪히는 겨울비는 그 순간 제게 뭐라고 했을까요?

순간순간 느낌으로, 깨달음으로 다가오기에 유심히 귀를 기울여야 합니다. 한동안 기승을 부리던 추위도 잠시 주춤하고, 며칠째 펑펑 내리던 눈도 물러난 자리에 촉촉이 내리는 비는 제 마음뿐만 아니라 땅 위에 자리한 모든 것들을 아주 포근하게 적셔주고 있었습니다.

절기상으로도, 시기적으로도 아직 봄을 부르기에는 조금 이른 날이지만 이 겨울비로 인해 많은 것들이 달라지고 있고, 또 달라질 겁니다. 흙들도 다시 힘을 내서 싹을 틔울 준비를 할 겁니다. 숨어

있던 벌레들도 서서히 몸을 움직일 겁니다. 여기저기서 웅성웅성 거리는 소리가 빗소리에 섞여 정겹게 들려옵니다.

노래하는 가수의 고백처럼 겨울비가 누군가에게는 쓸쓸할지 모르겠으나 그 비로 인해 마음을 씻어 내고, 적셔서 다시 살아갈 힘을 얻는다면, 우리의 삶에서 봄비만이 생명의 비가 아니라 겨울비 또한 희망의 비, 생명의 비가 될 수 있다고 우리에게 말하고 있는 것이 아닌가 생각합니다.

그런 마음을 담아 오늘 당신께 묻습니다.
"이 겨울비가 촉촉하게 당신께 전하는 말은 무엇입니까?"

가만히 귀를 기울여 보십시오. 자세히 잘 들어 보십시오. 깊이 침잠하면서 오직 당신께만 전하는 말을 들어 보십시오. 신기하게도 어느 순간에 들릴 것입니다. 이 위대한 자연이, 이 아름다운 세상이, 그 세상을 적시는 겨울비가 당신께만 전하는 그 말이 들릴 겁니다.

어쩌면 이런 말일지도 모릅니다. "살아가면서 쓸쓸하기도 하고 때론 힘들어도 힘을 내요. 당신 마음을 내가 다 씻어줄게요. 추운 겨울이라고 움츠러들지도 말아요. 자주는 아니겠지만 가끔씩 이렇게 포근하게 당신을 만나러 올게요. 그러니 힘을 내요. 용기를 가져요."

당신과 제가 그 소리를 들을 때, 이 세상을 살아가는 우리 모두가 이 아침에 겨울비가 전하는 그런 따뜻하고 좋은 말을 들을 때 우리가 살아가는 이 세상이 더 아름답지 않겠습니까?

-20180117

◆

당신은 혹시 지구의 말을 들어보셨습니까?

발코니 천정 위에 떨어지는 빗방울 소리가 무척 정겨운 아침입니다. 비는 그 자체로 자연이 연주하는 훌륭한 음악입니다. 어제도 간간이 비가 왔었는데 새벽에 일어나니 제법 내리고 있습니다. 꽃과 신록이 우거진 땅으로 내리는 비! 참 좋은 날입니다.

아마도 이 비가 그치고 나면 세상은 달라질 것입니다. 봄을 재촉하는 비가 오고 난 뒤에 서러운 풀빛이 짙어왔듯이, 그 서러운 풀빛에 더해 화려한 꽃빛들이 저마다의 아름다움을 뽐냈듯이, 지금 이처럼 봄의 절정에서 오는 비는 분명 그냥 내리지 않을 겁니다. 땅을 비옥하게 하고 푸르른 신록을 꼭 데리고 올 것입니다.

어제는 '지구의 날'이었습니다. 혹시 지구의 날이 있다는 것을 알고 계십니까? 아마도 잘 모르시는 분들이 계실 겁니다. 저도 인터넷 검색 사이트를 통해 공부했습니다.

'지구의 날'이라는 말을 들으면 제일 먼저 떠오르는 단어가 있죠? 그렇습니다. 바로 '환경'입니다. 지구가 만들어진 이래, 인간이 이 지구라는 땅에 발을 붙이고 살아온 이래 지구는 오랜 시간 동안 인간을 품고 살아왔습니다. 그 넓은 품에 품어 주었습니다.

이 지구에 있는 것 어느 것 하나 소중하지 않은 것이 없습니다. 그야말로 풀 한 포기, 나무 한 그루, 비 한 방울도 다 소중합니다. 어느 것 하나 우리의 생명과 관계없는 것이 없기 때문입니다.

그런 지구가 몸살을 앓고 있습니다. 힘에 부쳐서 많이 힘들어 하고 있습니다. "당신은 혹시 지구의 말을 들어보셨습니까?" 힘들다고 고백하는 지구의 말, 이대로 가서는 안 된다는 지구의 말, 조금만 더 신경을 써 달라는 지구의 말을 말입니다.

조태일 시인은 그의 시 「국토서시」에서 "버려진 땅에 돋아난 풀잎 하나에서부터/조용히 발버둥치는 돌멩이 하나에까지/이름도 없이 빈 벌판 빈 하늘에 뿌려진/저 혼에까지 저 숨결에까지 닿도록" 우리가 살고 있는 이 땅을 보듬고 싶어 합니다. 그런 시인의 마음을 들여다보며 저는 부끄러움이 밀려듭니다.

그래야 했지만 그러지 못했습니다. 언제까지나, 영원토록 지구는 말없이 우리를 품어줄 거라는 생각만 했습니다. 마치 철부지 아이가 끝없이 칭얼대도 엄마는 다 받아주듯이 말입니다.

깊은 사유와 성찰의 시간을 가지고 나서야 이제 더 이상 그러지 말아야겠다는, 아니 이제 더 이상 그래서는 안 된다는 깨달음을 얻습니다. 지구는 언제까지나 우리 곁에 지금 이대로의 모습으로 있어주지 않을 거라는 걸 말입니다.

이 마음을 담아 비 내리는 월요일 아침, 인산이 당신께 묻습니다.
"당신은 혹시 지구의 말을 들어보셨습니까?"

지구의 날을 보내며 저는 다짐하며 고백합니다. 앞으로는 매 순간 지구의 말을 들으며 살아가겠습니다. 지구가 하는 말에 귀를 기울이고, 지구가 전하는 마음에 제 마음을 보태겠습니다. 그냥 스쳐가듯 흘려버리지 않겠습니다.

그 일에 제 숨결도 보태겠습니다. 그러면서 지구가 말하는 대로 살아가겠습니다. 조금 덜 먹고, 조금 덜 쓰면서 살겠습니다. 제게 잠깐 주어진 삶! 정말 욕심내지 않고 살아가겠습니다. 조금만 덜 가지고, 조금만 덜 쓰면, 이 지구가 몸살을 앓을 일이 덜 생길 것입니다.

우리는 지금 이 시각에도 이 지구상에서, 아니 우리나라 땅에서 정말 많이 가졌으면서도, 조금 더 갖겠다고 발버둥치는 안타까운 모습들을 보고 있습니다. 가장 많이 가진 사람들이면서도 조금 더 가지려고 몰래 들여오고, 빼돌리고 하는 치졸한 모습을 우리의 눈으로 보고 있습니다.

그렇게 살지 않겠습니다. 차라리 굶을지언정 그리 살지는 않겠습니다. 그래서 부끄러운 이름을 후세에 전하지 않겠습니다. 역사가 지켜보고 있음을 명심하겠습니다. 할 수만 있다면 조금 가진 것이나마 더 나누어주고, 더 베풀고, 더 남길 수 있도록 하겠습니다. 그것이 지구가 제게 전하는 말을 따르는 길이라 믿으며 살아가겠습니다.

-20180423

당신은 지금, 사랑에 어떤 답을 하고 있습니까?

세상을 살아가다 보면 참으로 많은 일들을 겪습니다. 날마다 우리가 겪는 그런 일들의 대부분은 충분히 일어날 수 있는 일들이고, 또 그래서 예상하기도 하고, 대비하는 데에도 어려움이 없는 일들입니다. 그런 일들은 비일비재하여 겪었는지도 모르고 지나치는 경우도 많습니다.

그런데 조금이라도 특별한 경우라면 사정은 달라집니다. 가장 시급하고도 중요한 일이 되어 버립니다. 그 일을 해결하지 않고서는 다른 일을 할 수가 없습니다. 더 나아가서는 그 하나의 일이 자신의 모든 것을 좌우하는 경우까지도 확대가 됩니다.

현실에 안주하는 삶을 추구하는 사람들은 어지간해서는 특별한 일을 만들지 않으려고 하고, 또 겪지 않으려고 합니다. 늘 평범한 일상을 추구합니다. 새로운 것을 향한 도전은 자기의 일이 아닌 남의 일이고, 책이나 TV에서 볼 수 있는 일로 여깁니다.

문제는 그런 일들이 거의 대부분 자기 자신의 뜻대로만 되지 않는다는 데 있습니다. 그래서 자기 자신이 뜻하지 않은, 그야말로 어떤 일이 우연하게 일어나거나 예기치 않게 벌어졌을 때에 어떻게 해결하고 조치하느냐가 중요합니다. 이때는 우리가 흔히 말하는 위기관리 능력이 작동하기 시작하고 그에 따라 일의 결과는 판이하게 달라집니다.

위기관리 능력은 그냥 저절로 생기지 않습니다. 위기를 많이 겪어보고 더 많이 넘겨본 사람이 더 잘 이겨내고 해결할 수 있습니다. 그래서 세상을 살아가면서 어려움을 겪거나 뜻하지 않은 일을 만나면 그것을 비관하거나 좌절할 필요가 없습니다.

그 일을 다른 사람이 아닌 자기 자신에게 일어났다는 것에 대해 성찰해야 합니다. 분명한 뜻이 있기에 그 뜻이 무엇인지 살펴야 합니다. 그리고 받아들여야 하고, 겪어내야 합니다. 자기 자신에게 주어진 일이기에 피할 수 없고, 반드시 해결해야만 할 일이라는 생각을 가지고 담대하게 헤쳐 나가야 합니다. 그 극복을 통해 삶이 더욱 더 단련되고 성숙해져 가는 것입니다.

우리 훈련병 아들들을 훈련시키고 지도하다 보면 많은 일들이 있습니다. 주어진 짧은 시간 안에 많은 것들을, 요구하는 수준만큼 지도하고 보살펴야 하기에 어려움도 많이 따릅니다. 태어나서 처음 와본 군대, 익숙하지 않고 낯설기만 한 모든 것들, 그리고 그 속에서 견뎌내야 하는 훈련병 아들들의 마음을 저는 충분히 이해하고 있습니다.

역시 대부분은 잘 견뎌내고, 참아내고, 이겨내지만 간혹 그렇지 못할 때도 있습니다. 잘못할 때도 있고, 엉뚱한 행동을 할 경우도 있습니다. 1년에 한 번 있을까 말까 할 정도로 아주 가끔이지만 못하겠다고 보고도 없이 나가는 경우도 있습니다.

제가 늘 생각하는 것은 우리 인간의 삶은 어느 누구나 완전하지 않기에 다른 사람이 어떤 행동을 하면 자신의 잣대로만 판단할 게 아니라 그럴 수 있다, 그럴 수도 있다는 생각을 할 줄 알아야 합니다. 이해와 관용과 용서는 그런 마음이 바탕이 되어야 이어질 수 있습니다.

이해하지 못하고, 용서하지 못하게 되면 사소한 작은 행동이 뜻하지 않게 더 큰 행동으로 이어질 수도 있습니다. 처음에는 그렇게까지 할 생각은 없었는데, 일이 전개되는 과정을 보니 겁이 나고, 두려워서 자신이 의도하지 않은 일로 이어지게 되는 것입니다. 그래서 사람의 일은 정말이지 죽고 사는 문제가 아니면 다 받아들일 수 있는 것임을 늘 사유하고 성찰해야 합니다.

사랑하는 인산편지 가족 여러분!

오늘은 금요일입니다. 날씨도 참 좋습니다. 세상은 온통 푸르러 갑니다. 꽃들이 진 자리를 신록이 조금씩 조금씩 메워가고 있습니다. 이 아름다운 날이 저와 당신께 주어졌음이 감사하고 또 감사합니다.

이번 한 주 동안 저는 '사랑'에 대해 깊이 생각해 보았습니다. 우리가 잊지 말아야 하고, 우리가 기억해야 할 '사랑'에 대해 말입니다. 누구나 다 가슴 속 깊이 간직하고 있는 사랑이 있듯이, 우리 모두의 가슴 속에 살아 있는 그 사랑에 저는 무어라고 답을 해야 하는지 깊이 사유한 한 주였습니다.

이 한 주를 마치는 시점에 저는 답을 찾았습니다. 제 자신만의 언어로 답을 할 수 없다는 것을, 아니 세상에 존재하는 그 어떤 언어로도 답을 할 수 없다는 것을 알았으니 이것도 답을 찾은 거라고 표현하는 게 맞을 겁니다.

정일근 시인은 「사랑에 답하여」라는 시를 통해 "나는 꽃처럼 사랑하지 못했다/나는 꽃처럼 사랑에 답하지 못했다"라는 고백을 합니다. 처음에는 자신이 있었을 겁니다. 다 알고 있을 거다, 그래서 쉽게 답할 수 있을 거라고 여겼을 겁니다. 세상의 많은 사람들이 쉽게 여기기에, 너무나 쉽게 그리고 자주 사랑에 답하기에 자기도 그렇게 할 수 있다고 생각했을 겁니다.

그러나 어쩝니까? 꽃처럼 사랑하지 못한 그는 이내 깨닫습니다. 사랑에 답하는 것이 어떠한 것인가를, 사랑에 답하려면 어찌 해야 하는가를 말입니다. 그는 꽃처럼 사랑에 답하지 못한 안타까운 마음을 절절한 마음을 저도 알 수 있습니다.

이 마음을 담아 오늘 인산이 당신께 묻습니다.
"당신은 지금, 사랑에 어떤 답을 하고 있습니까?"

쉽게 하지 마십시오. 세상에 떠다니는 흔한 언어로 답하지 마십시오. 어느 하나의 일을 겪고 마치 전부를 안다는 듯이 서둘러 답해서는 안 됩니다. 다른 사람의 마음을 헤아리지 못하고 내 생각으로만, 내 마음으로만 답해서는 더더욱 안 되는 일입니다.

"기다렸던 시간보다/비어두었던 시간 더 많았"다면, 그래서 수선화 꽃처럼 사랑하지 못했다면 당신도 사랑에 쉽게 답해서는 안 됩니다. 사랑은 그렇게 쉬운 문제가 아니기에 쉽게 답을 찾아서는 안 됩니다.

그리고 정말 중요한 것은 날마다 새로이 맞이하는 우리의 삶이 사랑에 대한 답을 찾아가는 삶이어야 함을 기억해야 합니다. 무엇보다도 당신은 당신에게 주어진 모든 것들을, 모든 사람들을 받아주고, 이해하고, 용서하고, 보듬어 가면서 사랑에 무어라고 답을 할 수 있는지 끊임없이 사유하고 성찰하는 삶이 되시길 소망합니다.

-20180420

◆

당신은 지금, 무엇을 밀고 가고 있습니까?

사방을 둘러보아도 모두가 아름다운 이 봄날을 시샘이라도 하려는지 요즘엔 황사와 미세먼지가 기승을 부리고 있습니다. 공기까지 맑고 좋으면 참으로 금상첨화일 텐데… 하는 아쉬움이 많은 때입니다.

저는 날마다 황사와 미세먼지, 초미세먼지 농도를 확인합니다. 우리 훈련병 아들들 때문입니다. 훈련소에 들어온 우리 아들들은 정해진 날짜에 따라 하루도 빠짐없이 훈련을 하게 됩니다. 그러다 보니 날씨가 그리 좋지 않아도 훈련을 미룰 수 없습니다. 정해진 교육일수를 채우지 않으면 안 되기 때문입니다.

혹여 병원진료나 그밖에 사유로 인해 교육훈련에 참석하지 못한 훈련병들은 매주 토요일에 실시하는 보충교육을 받게 됩니다. 물론, 그것마저도 하지 못하게 되면 유급을 하게 되는 것이고요.

이러한 특성으로 인해 저를 포함한 우리 연무대의 기간장병들이 가장 신경을 쓰는 것 중의 하나가 기상, 즉 일기예보입니다. 날마다 황사마스크를 가지고 다니면서 황사나 미세먼지 농도에 따라 마스크를 착용하게 합니다. 우리 아들들의 건강이 대한민국 육군의 건강입니다.

어제는 몇 몇 지인과 식사를 하면서 황사와 미세먼지를 주제로 잠깐 대화를 했습니다. 우스갯소리로 제주도에 가서 살아야 하는 게 아니냐고 말들을 했지만 제게는 그냥 스쳐가는 소리로 들리지 않았습니다. 전에는 황사나 미세먼지라는 게 있는지도 모르고 살았는데, 있다 하더라도 별로 신경 쓰지 않고 살았는데 격세지감입니다.

그동안 많은 미래학자들이 경고해 온 문제들입니다. 그것이 먼 미래의 일인지 알았는데 현실이 되었습니다. 불과 몇 십 년, 아니 몇 년 만에 대기의 질, 지구 온난화가 심각하게 우리의 피부에 와 닿게 되었습니다. 다 우리의 잘못이고, 우리 탓입니다.

그리고 이를 해결해야 할 사람들도 바로 우리입니다. 되돌리기는 어렵더라도 늦출 수는 있습니다. 더 늦기 전에 해야만 합니다. 우리의 아들딸과 손자들을 위해, 우리의 후손들을 위해 우리가 해야만 하는 일입니다.

사랑하는 인산편지 가족 여러분!

벌써 수요일입니다. 한 주가 시작되었다 싶으면 어느새 수요일이고, 또 금방 금요일이 됩니다. 그래서 요즘엔 시간이 부족하다는 생각도 많이 듭니다. 물론 사람마다 다 다르겠지만 저의 경우는 '한 번에 두 가지 일을 하기'에 도전하고 있습니다. 무슨 말이냐고요? 말 그대로 제게 주어진 절대적인 시간이 부족하니까 한꺼번에 두 가지 일을 한다는 말입니다.

가장 대표적인 것이 '걸으면서 사색하기', '걸으면서 책 읽기', '걸으면서 인산편지 쓰기'입니다. 용인에 있을 때는 매일 매일 하루에 2만보 이상을 걸었는데, 논산으로 내려오면서 2만보 채우기가 쉽지 않습니다. 저녁이나 야간에 따로 산책을 할 만한 장소가 마땅하지 않은 이유도 있습니다.

그래서 생각한 것이 걸으면서 다른 무엇인가를 같이 하는 것이었습니다. 독자님들이 보시기엔 그렇게까지 할 필요가 있나 싶은 생각이 드시겠지만 제 입장에서는 일종의 고육지책입니다. 그렇게라도 해서 하루에 2만보도 채우고 싶고, 책 읽는 시간도 확보하고 싶은 겁니다.

따지고 보면 이 또한 욕심이 아닌가 싶습니다. 내려놓지 못하는, 내려놓을 수 없는 욕심 많은 한 사람의 모습이 그려지지 않습니까? 그 모습에 무슨 여유가 있겠습니까? 유유자적, 안빈낙도의 삶이 들어 있을 리는 만무합니다. 그래서 계속 고민하고 있는 부분입니다.

「허공을 밀고 가는 것들」이라는 시를 쓴 이명기 시인은 그 시를 통해 우리에게 의미 있는 화두를 던집니다. 우리를 둘러싼 이 모든 것들이 서로가 서로를 밀고 간다는 생각은 해본 적이 없었는데 시를 읽고 보니 과연 그렇습니다.

"소리는 허공을 밀고 가고/바람은 나뭇가지를 밀고 가고" "눈물은 슬픔을 밀고 가는 것"입니다. 삼라만상, 이 우주의 모든 것들은 서로가 서로에게 보이지 않는 그 무엇으로 깊이 연결되어 있습니다. 완전히 단절된 하나의 객체로 존재하는 것은 없습니다.

그러니 우리의 눈에는 보이지 않겠지만, 우리의 인식으로는 깨닫지 못하겠지만 서로가 서로를 밀면서 움직이고 또 움직이는 게 자연의 섭리요 이치인 것은 분명합니다. 당신과 저도 그렇습니다. 같이 연결되어 있다는 사실, 비록 한 번도 보지 못하고 '인산편지'라는 공간에서 만나는 작가와 독자의 관계일지라도 이렇게 서로를 밀고 가고 있는 것입니다.

잘 밀고 가기 위해서는 우리가 밀고 가는 것에 대한 깊은 성찰이 필요합니다. 자연을 밀고 세상을 밀고 사람을 밀고 가야 합니다. 그러기 위해서는 먼저 자기 자신을 잘 밀고 가야 합니다. 혼자에서 다수로, 주저함에서 자신감으로, 거짓에서 진실로, 침묵에서 표현으로, 약함에서 강함으로, 불의에서 정의로… 등등 우리가 우리 스스로를 밀고 가야 하는 것들이 많습니다.

또 우리가 사는 이 세상을 밀고 가야 합니다. 많이 가진 자들이 더 많이 가지려고 서로가 서로를 밀고 가는 것이 되어서는 안 됩니다. 그 속에는 힘없고, 약하고, 못 가진 자들이 밀려나기 때문입니다. 돈을 밀고 가고, 권력을 밀고 가서는 안 됩니다. 혼자만 밀고 가서도 안 됩니다. 진정 우리의 삶은 더불어, 함께, 같이 밀고 가는 삶이 되어야 합니다. 나보다 약한 자를 밀고 가야 하고, 나 보다 없는 자를 밀고 가야 합니다. 나보다 낮은 자를 밀고 가야 하고, 나보다 부족한 자를 밀고 가야 합니다. 남들보다 앞서려고만 하는 사람은 절대 밀고 갈 수 없습니다. 할 수만 있다면 정말이지 앞서려고만 하지 말고 밀고 가야 합니다.

우리 서로가 그렇게 밀고 갈 때 우리가 사는 이 세상이 더 아름다워지지 않겠습니까?

오늘 인산이 당신께 묻고 싶은 말은 이것입니다.
"당신은 지금, 무엇을 밀고 가고 있습니까?"

-20180418

◆

당신은 지금, 당신의 길을 잘 걸어가고 계십니까?

화창한 봄날입니다. 창으로 들어오는 햇볕이 참으로 따스합니다.

저는 동료들을 대상으로 지난 이틀 연속 '봄날은 간다'는 주제로 인문학 강의를 했습니다. 소대장 워크숍, 분대장 보수교육 등 각 직책별로 모여서 힐링도 하고, 교육도 받는 그런 자리였습니다.

생각해 보면 지금까지는 그런 유형의 교육에 붙는 이름은 '정신교육'이었을 겁니다. 그 교육은 인간 본연의 문제이기에 인문학적 질문을 담아 '작가와의 대화'라는 말로 바꾸었습니다. 이름 하나만 바꿔도 임하는 마음가짐이 분명히 달라집니다. 그 시간을 함께하면서 저와 같이 근무하는 전우들에게, 특히 이삽십 대의 젊은 소대장과 분대장들에게 지금 살아가고 있는 올해의 봄날을 어떻게 대하고 있는지, 그리고 앞으로 어떻게 살아가야 하는지 물었습니다.

많은 동료들이 그 인문학 강의가 좋았다는 말을 제게 전했습니다. 그래서 될 수 있으면 많은 전우들에게 지금, 이 순간의 소중함을 깨닫고, 보다 의미 있고 가치 있는 삶을 살아가기 위한 화두를 던진 것만으로도 저는 마음이 뿌듯합니다.

어제 오전은 그렇게 두 번의 강의를 했고, 이어서 연무대를 떠나는 전우들과 식사를 한 다음에 바로 서울로 향했습니다. 국방부에 볼 일이 있어 출장차 다녀왔습니다. 우리 육군훈련소의 시설과 환경을 더 좋게 하기 위한 보고와 토의를 하는 자리였습니다.

그 바람에 모처럼 기차도 탔습니다. 논산역에서 KTX를 타고 올라가는 시간 동안 저는 봄날을 만끽하고 있는 산하를 살폈습니다. 차창 밖으로 스쳐가는 모습이라 그리 실감나지는 않았지만 빠르게 지나치는 그 모습에서도 봄의 정취를 충분히 엿볼 수 있었습니다.

일을 마치고 다시 논산으로 내려가는 기차 안에서 스마트폰을 들여다보았습니다. 제가 속해 있는 밴드에서 오고가는 내용들을 들여다보다가 어떤 한 기사에 달려 있는 댓글을 보았습니다.

그 글은 순수하게 신문 기사에 대해 개인의 의견을 표현한 글이었습니다. 그 밑에 찬성, 반대를 표시하는 것이 있었는데 잘못하여 실수로 '찬성'을 누르게 되었습니다. 제 생각과는 전혀 다른 것이었습니다. 보통 페이스북은 잘못 누르더라도 다시 누르면 취소가 되는데 이것은 취소가 안 됩니다. 24시간이 지나야만 다시 누를 수 있다는 메시지만 뜹니다. 그 현상을 보면서 잠시 생각에 잠겼습니다.

기사를 읽고 답글을 보다가 잘못 만져서 실수로 눌렀는데 마치 그게 저의 생각인양 숫자가 하나 더 올라가 있는 모습을 보는 게 그리 유쾌하지만은 않았던 것도 있지만, 그 모습에서 또 깨달은 게 있기 때문이었습니다.

순간 "눈에 보이는 게 전부가 아니다."는 생각이 머리를 스쳤습니다. 어쩌면 우리가 사는 세상도 바로 이러한 오류 속에 빠져 있지는 않은지 우리는 늘 돌아보고 또 돌아보아야 한다는 생각이 듭니다.

또한 이처럼 제 자신의 생각과 무관하게 실수를 한 것이 못내 찝찝하고 못 마땅한 이유는 우리의 삶 속에 그런 것으로 인해 오해하고, 질책하고, 절망하는 모습들을 수없이 많이 보아왔기 때문이기도 할 겁니다. 받아 주고, 이해하고, 인정해 주는 모습들이 점점 더 사라지고 현상에만 집중합니다. 참음과 관용과 용서가 점점 더 사라져가는 이 사회가 안타까움을 넘어 두렵기까지 하다면 저의 과도한 기우일까요?

사랑하는 인산편지 가족 여러분!

저는 오늘 문득 이문재 시인의 시 「노독」이 생각납니다. 노독이라는 말만 들어도 피로가 막 몰려오는 듯하지 않습니까? 그것도 그냥 피로가 아닙니다. 먼 길을 떠난 나그네가 느끼는 고독한 피로입니다. 함께 어울려 달랠 사람도 없고 그럴 시간과 여유도 보이지 않습니다.

문득, 제 자신을 돌아봅니다. 제가 걸어온 길에서 수없이 쌓였을 그 노독을 저는 어떻게 대하고, 어떻게 풀었는지 살핍니다. 그 과정이 있었기에 지금껏 힘을 내서 길을 나설 수 있었을 테니 대체 누가, 무엇이 저의 노독과 함께했는지 궁금하지 않을 수 없었습니다.

죽을 만큼 힘들지는 않았던 것은 분명합니다. 마음에 깊은 상처를 받으면서 견디지 않았던 것도 틀림없습니다. 제가 인식하든, 인식하지 못하든 간에 분명히 깊은 정도까지의 노독에 이르지 않았던 것이 확실합니다.

그 이유를 이 시를 대하고서야 깨닫습니다. "어두워지자 더 이상 걷지 말라고, 이제 그만 내려서라"고 길이 그렇게 타이르고 다독이면서 저와 함께 했음을 분명히 깨닫습니다. 참으로 귀한 깨달음입니다. 한 편의 시를 통해 삶의 귀한 깨달음을 얻을 수 있음이 희열입니다.

저는 압니다. 당신도 당신의 길에서, 당신의 길을 걸어가면서 쌓인 수많은 노독이 있을 것입니다. 당신이 알고 계시든, 모르고 계시든 간에 분명 그럴 겁니다. 그냥 노독은 아닐 테지요. 그 노독 속에는 당신의 삶이 오롯이 담겨 있겠지요. 그래서 노독일망정 지금까지 당신의 몸과 마음과 함께 해 온 것일 테지요.

노독은 자기표현의 산물입니다. 걷지 않으면, 걸어가지 않으면 굳이 쌓이지 않는 것입니다. 다른 사람에게 마음을 쓰지 않으면 상처를 받을 일이 없듯이 노독 또한 마찬가지입니다. 열심히 길을 걸어가는 사람만이 느낄 수 있는 것이 노독입니다.

그 노독 속에는 걸어왔던 길로 인한 피로만 있는 게 아닙니다. 보람도 있고, 자랑도 있고, 성찰도 있는 것입니다. 그러니 당신의 길에서 따라오는 그 노독을 꺼려하지 마십시오. 물리치지 마십시오. 힘들어 하지는 더더욱 마십시오.

이런 마음을 담아 오늘은 인산이 당신께 이렇게 묻습니다.
"당신은 지금, 당신의 길을 잘 걸어가고 계십니까?"

찬란한 봄날의 금요일 아침, 이 아침에 온전히 당신 자신을 들여다보십시오. 그 마음을 펼쳐 보십시오. 당신이 당신에게 전하는 말을 들어 보십시오. 당신의 길을 잘 걸어가고 있냐고 조용히 물어보십시오.

많이 바쁘시다고요? 피곤하시다고요? 노독이 많이 쌓여 있으시다고요? 그러면 잘 하고 계신 겁니다. 노독만큼 치열하게, 열심히 걸어오신 겁니다. 잘 보듬고, 살피고, 적당하게 풀어만 주시면 됩니다. 그 노독 또한 당신이 안고 가야 하기에 말입니다.

-20180413

◆

지금 누가, 무엇이 당신을 위로합니까?

새벽기도를 나서기 위해 문을 여는 순간 하얀 세상이 펼쳐졌습니다. 밤새 봄눈이 내린 것입니다. 일기예보에 전국적으로 비나 눈이 내린다고 했지만, 사실 눈이 오리라고는 기대를 하지 않았습니다.

게다가 새벽 4시부터는 논산지역에 대설주의보까지 발령이 되었다고 합니다. 눈이 오면 여러 가지로 불편한 분들이 계시겠지만 저는 좋습니다. 비든, 눈이든 하늘이 주시는 선물은 다 좋습니다.

마음 같아서는 마음껏 하늘이 주신 이 봄눈을 기뻐하고 싶지만, 한편으로 생각하면 이 눈이 그리 반갑지 만은 않은 분들도 계실 것입니다. 당장 봄눈으로 인해 피해가 있다고 하니까요.

글을 쓰면서 늘 생각하는 것은 사람마다 처해 있는 환경과 여건에 따라 받아들이는 것이 다 다르다는 것입니다. 아무리 좋은 글도 누군가에게는, 어떠한 특별한 상황에 처해 있는 사람에게는 상처가 될 수도 있음을 유념하고 있습니다.

큐레이터이자 교수인 심상용 씨는 그의 저서 『예술, 상처를 말하다』에서 이렇게 말했습니다. "예술가는 다른 사람들에게 고통을 강요하는 것이 아니라 자신의 상처를 내보임으로써 그 안에서 각자의 상처를 발견하여 공감할 수 있게 할 뿐이다."

우리 독자님들도 이 말에 공감하실 겁니다. 저는 비단 예술가뿐만 아니라 우리 모두의 삶이 다 그렇다고 생각합니다. 모든 사람들은 자신의 상처를 내보임으로써 그 안에서 각자의 상처를 발견하여 다른 사람과 공감하는 것입니다.

인산편지 독자님들 중에는 병영생활 상담관님이나 양성평등 상담가님들도 많습니다. 저는 상담에 대해서는 비전문가이지만 그분들과 대화를 하거나, 워크숍을 하는 자리에서 늘 이 상처와 공감에 대한 말씀을 나누곤 합니다.

상담관님들은 수많은 내담자를 만납니다. 한 사람 한 사람이 다 저마다의 깊고 진한 상처를 가지고 있는 사람입니다. 그 상처로 인해 힘들고 어려움에 처해 있습니다. 때로는 죽고 싶을 만큼의 고통을 겪기도 합니다. 어떻게 해야 합니까? 어떻게 치유해야 합니까?

내담자가 울면 상담관도 울어야죠. 울지 않고서 어떻게 그 마음을 안다고 말할 수 있겠습니까? 고통을 호소한다면 같이 아파해야죠. 같이 아파하지 않고서 어떻게 그 아픔을 이해할 수 있겠습니까?

열이면 열 사람 다 울고, 아파해야만 할 수 있는 일입니다. 그래서 그 누구보다도 상담관님들이야말로 가슴 속에 수많은 아픔과 상처를 기억하고, 간직하고 살아가는 분들입니다. 그분들의 치유, 그분들의 회복에 관심을 가져야한다고 신경을 쓰는 이유입니다.

헨리 나우엘도 『상처 입은 치유자』에서 상처 입은 사람만이 상처 입은 사람을 치유할 수 있다고 했습니다. 상처를 입지 않고서도 할 수 있다면 얼마나 좋겠습니까? 그런데 사람 사는 일은 그렇지 못합니다.

저도 그런 경험을 갖고 있습니다. 조직생활을 하는 사람들은 다 자기가 속한 조직에서 높은 자리에 올라가기를 원합니다. 승진입니다. 물론 군인도 마찬가지입니다.

군인에게 있어 진급이 더 중요한 이유가 되는 것은 군인은 정년이 짧습니다. 그것도 계급에 따라서 다 다릅니다. 진급이 안 되면 더 빨리 군문을 떠나야 합니다. 그래서 다른 조직의 승진보다도 더 특별합니다. 꼭 높은 자리, 자기 자신이 하고 싶은 일을 할 수 있는 자리를 원하기 이전에 더 절실한 생존의 이유가 있는 것입니다.

저는 군 생활을 하면서 진급에서 많이 떨어져 보았습니다. 떨어질 때마다 상처를 받기도 했고, 그리고 그 상처를 이겨냈습니다. 하나님의 위로를 빼고 인간으로서 받은 위로는 역시 같은 처지에 있는 사람들로부터 오는 위로였습니다. 우리는 그걸 두고 '동병상련'이라고 합니다.

저는 지금도 기억합니다. 어느 후배가 한 이 말을요. "선배님! 지금 마음이 아픕니다. 그런데 위로가 됩니다. 다른 사람들보다도 선배님의 그 말씀이 제게는 큰 위로가 됩니다." 부족한 제 자신이 어느 누구에게 그런 위로가 될 수 있음에 참으로 감사했고, 지금도 감사합니다.

사랑하는 인산편지 가족 여러분!

누군가에게 전하는 진정한 위로는 힘들고 지친 마음을 포근하게 감싸주는 역할을 합니다. 저 역시 위로 받고, 위로하며 묵상하는 삶을 살고 있습니다.

크리스천인 저는 하나님만이 온전한 위로가 되심을 알고 있습니다. 하나님의 눈물만이 인간의 눈물을 온전히 닦아줄 수 있다고 믿고 있습니다. 그리고 깨닫습니다. 이 세상에서 가장 진한 위로는 하나님의 사랑이라는 것을 말입니다.

그리고 다짐합니다. 살아가면서 늘 위로 받고, 위로 하겠다고 말입니다. 자연으로부터, 세상으로부터, 사람으로부터… 모든 것으로부터 위로를 받고, 구할 것입니다. 무엇보다도 제 자신이 누군가에게 위로가 될 수 있기를 원합니다. 위로할 수 있는 삶이길 원합니다.

"지금 누가, 무엇이, 당신을 위로합니까?"

오늘 인산이 당신께 권합니다. 이 물음을 깊이 사유하십시오. 그리고 제일 먼저 당신 자신을 위로하십시오. 다음에는 누군가를 위로하십시오. 그 다음에 또 누군가를 위로하십시오.

그렇게 우리의 삶은 위로하는 삶이어야 합니다. 위로하고 위로받아야 하는 삶이어야 합니다. 당신과 제가 서로 서로에게 깊은 위로가 될 때, 우리 모두가 서로를 위한 위로를 주고받을 때 우리가 사는 이 세상은 정말 아름다울 거라 저는 믿습니다.

-20180321

◆

당신의 삶에는 어떤 재료들이 들어있습니까?

새해 들어서 제가 다시 시작한 것 중의 하나가 새벽기도를 회복하는 것입니다. 사람이 마음으로 자기의 길을 계획할지라도 그 걸음을 인도하시는 이는 하나님이심을 고백하면서 다시 시작하였습니다. 새벽에 일어나는 것이 쉽지는 않으나 기쁨이 되니 그리 어려운 일도 아닙니다.

교회에 가서 자리에 앉으면 제일 먼저 기도하는 것이 오늘 하루를 제게 주심에 대한 감사입니다. 오늘이 제게 주어졌다는 것, 어쩌면 오지 않을 수도 있는 오늘 하루가 다시 제 앞에 왔다는 것이 가장 큰 감사요, 은혜일 수밖에 없습니다. 그것이 얼마나 감사하고, 은혜인지 날마다 깨닫는다면 우리의 삶은 분명히 달라질 것입니다.

그 다음의 기도는 부대와 훈련병 아들들을 위한 기도입니다. 육군훈련소는 지금도 수많은 젊은이들이 함께 모여 생활하면서 날마다 강한 훈련을 하고 있는 곳입니다. 제가 믿는 하나님의 도우심과 인도하심이 없이는 할 수 없는 일이 많음을 고백합니다. 수많은 젊은이들을 잘 지도할 수 있도록, 한 사람도 아프거나 다치지 않도록 눈동자같이 지켜달라고 기도합니다.

새벽기도를 회복하니 연약했던 제 마음이 회복됩니다. 날마다 회개하며 나아가니 마음에 자유가 충만합니다. 그리고 무엇보다도 용기가 생기고 자신이 있습니다. "나의 등 뒤에서 나를 도우시는 주!"

하나님이 계시기에 그렇습니다. 대한민국에서 가장 중요한 부대인 이곳 육군훈련소에 임하시고 함께 하시는 하나님을 찬양합니다.

군에 들어오는 젊은이들은 처음엔 군대라는 이름이 풍기는 이미지와 그 이름 위에 덧씌워진 왜곡된 인식, 그리고 부모님을 포함하여 지금까지 20년 넘게 익숙했던 모든 것들로부터 잠시 떠나야 하는 낯선 환경으로 인해 많이 힘들어 합니다.

그러나 이런 모습은 조금만 지나면 곧 사라집니다. 정말 신기하리만치 밝고 명랑한 모습을 볼 수 있습니다. 사람은 환경에 적응을 잘 한다는 한마디 말로 이 모든 걸 표현하기에는 아무래도 부족함이 많습니다. 우리가 알고 있거나, 또는 미처 알지 못하는 그 무엇인가가 우리 젊은이들을 그렇게 만드는 것입니다.

그것은 과연 무엇일까요? 아마도 그냥 속으로만 상상하거나, 처음 보는 분들이면 궁금하게 생각하실 수도 있으나 저는 분명히 알고 있습니다. 그것은 바로 '사랑' 때문입니다.

군에 들어오기 전에는 상상만 해도 엄격하기만 할 것만 같은 곳을 실제 와서 보고 느끼니 전혀 그렇지가 않다는 것을 그들은 압니다. 이 모든 것이 부대 곳곳에 넘치고 있는 훈련병들을 위한 사랑으로 인함입니다.

육군훈련소는 훈련소장님을 비롯한 모든 기간장병들이 훈련병 교육에 전념하는 부대입니다. 대한민국에 있는 모든 부대들 중에서 가장 많은 군인이 단일 주둔지에 있고, 연간 육군에 입대하는 병력의 45%가 훈련을 받는 곳입니다.

그렇게 많은 젊은이들이 오는 곳이니 당연히 수많은 부모님들도 매주 찾아오십니다. 전 세계 어느 나라의 어느 부대를 보더라도 우리 대한민국의 육군훈련소 같은 규모의 부대는 분명히 없습니다.

젊은이들이 육군훈련소에 들어오면 바로 훈련을 받는 게 아닙니다. 입영심사대라는 곳에서 3박 4일 동안 편안한 가운데 마음을 가다듬으면서 피복을 지급 받고 신체검사, 인성검사, 특기검사 등을 하게 됩니다. 그 기간을 통해 군에 들어왔다는 현실을 직시하고, 받아들이고, 마음을 새롭게 다지게 됩니다. 그래서 짧은 기간이지만 그 어느 때보다도 소중합니다. 입영심사대에서 정해진 기간 동안 해야 할 일들을 다 하고 나면 바로 교육연대로 이동을 합니다. 그리고 그 다음 주부터 본격적인 5주간의 기초군사훈련을 받게 되는 것입니다.

사랑하는 인산편지 가족 여러분!

한 주가 시작되었습니다. 누구에게나 월요일은 분주합니다. 몸도 그렇고 마음도 그렇습니다. 그래서 이 월요일 아침을 기쁘게 시작하는 것이 무엇보다도 중요합니다. 좋은 글, 좋은 음악, 좋은 생각, 좋은 사람… 한 주를 시작하면서 만나는 모든 것들이 다 좋아야 합니다. 그것들이 앞으로 한 주를 살아가야 할 자기 삶의 재료들입니다.

최문자 시인의 시 「재료들」이라는 시는 우리의 삶을 이루는 중요한 재료들을 노래합니다. “생각만 해도 그립고 가슴이 먹먹한 어머니의 재료는 눈물이라고, 사랑 속에는 꺼끌꺼끌한 이별이 들어 있다”고 합니다. 그렇습니다. 우리의 곁에 있는 소중한 것들에는 다 그것을 이루는 재료, 주 원료가 있다는 깨달음입니다.

무엇 하나 그냥 이루어진 게 없습니다. 맛있는 하나의 음식이 탄생하기 위해서는 주 원료를 포함하여 갖가지 재료들이 한데 모여 어우러져야 합니다. 우리의 삶도 마찬가지입니다. 날마다 숨 쉬는 순간마다 우리가 만나는 사람들, 우리가 겪는 순간들, 우리가 행하는 일들 속에는 그 하나하나마다 다 수많은 재료들이 담겨 있습니다. 그 재료들로 우리 인생이 빚어지고 있습니다.

다양한 재료들 때문에 때로는 달콤하기도 하고, 때로는 씁쓸하기도 합니다. 똑같은 재료를 가지고도 누구는 맛있는 음식을 만들어 내기도 하고, 또 누구는 그저 그런 음식을 내놓습니다. 우리의 삶에는 곳곳에 담겨 있는 재료들도 중요하지만, 그 재료들에 모든 게 달려있지 않다는 것을 알아야 합니다. 최문자 시인의 「재료들」은 우리 인생의 재료들에 대해 성찰하게 합니다.

이런 마음을 담아 오늘 인산이 당신께 묻습니다.
"당신의 삶에는 어떤 재료들이 들어 있습니까?"

저는 오늘 당신께 이렇게 말씀드리고 싶습니다. 당신의 삶에서 중요한 것은 그 재료들을 대하는 당신의 마음, 그 재료들의 특성을 파악하고, 같이 섞을 때의 조화로움까지 생각하는 정성, 그 재료를 가지고 완성된 하나의 요리를 탄생시키는 당신의 실력이라고 말입니다.

오직 당신의 마음과 당신의 정성과 당신의 실력이 당신에게 주어진 재료들을 빛나게 하기도, 평범하게 하기도 할 것입니다. 오늘 당신에게 펼쳐진 찬란할 정도로 아름다운 그 시간들 속에서 당신이 만나야 할 수많은 사람들, 수많은 일들 속에 재료들이 가득 담겨 있습니다. 그 재료들을 어떻게 대하느냐는 오직 당신의 몫임을 꼭 기억하시길 마음 모아 소망합니다.

-20180122

지금은 행복한 시간임을 당신도 느끼십니까?

우리 인산편지 독자님들 모두 주말 잘 보내셨는지 궁금합니다. 뉴스를 보니 나들이 하는 차량으로 인해 고속도로 곳곳에 정체가 심했다고 합니다. 일 년 중에서 몇 안 되는 좋은 날이니, 더군다나 가정의 달이니 가족들과 손잡고 놀러가는 분들이 많은 건 당연합니다.

제 누나도 그랬습니다. 가족들끼리 사용하는 단톡을 보니 누나와 매형이 부모님을 모시고 강릉 경포대를 가셔서 바닷가를 거니는 모습을 찍은 사진이 올라와 있었습니다. 누나에게 전화를 거니 일부러 시간을 내어 부모님과 함께 동해안으로 바람 쐬러 왔다고 하십니다.

제 어머니께서는 수년 전에 뇌졸중으로 쓰러지셔서 지금도 많이 아프십니다. 일상적인 거동은 하시나 단기기억을 하는 뇌세포가 손상되어 곁에서 누가 보살펴드리지 않으면 생활하시기 어렵습니다.

다행스러운 건 80세가 넘으신 아버지께서 지극정성으로 어머니를 보살피시고 계시다는 겁니다. 불효자식인 저는 자주 찾아뵙지 못해 늘 죄송하고 아쉽습니다. 그래서 비록 자주는 아니나 특별한 일이 없으면 휴가를 내어 부모님을 찾아뵈려고 노력하고 있습니다.

이제 그리 많이 남아있지 않은 군 생활이 끝나고 전역을 하게 되면 직접 모시고 살고 싶고, 여의치 않으면 수시로 찾아뵙고 보살펴드리면서 나중에 후회가 없도록 자식 된 도리를 다 하고 싶은 게 제 마음입니다. 부디 우리 독자님들도 부모님 살아계실 적에 더 자주 찾아뵙고, 더 잘 모시는 효자, 효녀가 되시길 빕니다.

어제는 귀한 한 가정과 저녁식사를 같이 했습니다. 그동안 우리 연무대에서 교육대장, 본부 실무장교, 본부근무대장 등 여러 직책을 훌륭하게 완수하고 남해안 지역을 담당하는 부대의 해안대대장으로 부임하게 될 전우의 가정입니다.

그냥 떠나보내기 아쉬워 가족 모두를 초대하여 맛있는 식사를 했습니다. 더 그러고 싶었던 건 부부 모두가 인산편지의 소중한 독자님이기 때문이기도 했습니다. 더군다나 가족은 대학시절 국문학을 전공한 분이셨습니다.

꼭 읽으셨으면 하는 마음을 담아 책을 몇 권 선물하였습니다. 부디 늘 건강하고, 행복한 가정이 되길 축복합니다. 앞으로 지휘할 대대가 평안한 가운데 승리하는 부대가 되길 기도합니다.

어제 드린 책 중의 하나가 『지금은 행복한 시간』이라는 책입니다. 미국의 테리 고든이라는 의사가 쓴 책입니다. 그는 심장내과 전문의로 오늘날 심폐소생술에 있어 필수적으로 사용하는 자동제세동기를 보급하는 데 결정적으로 기여한 인물입니다.

이 책은 러브스토리입니다. 눈물로, 감동으로 읽을 수밖에 없는 세상에서 가장 아름다운 러브스토리입니다. 어느 날 사랑하는 막내아들이 교통사고를 당했다는 청천벽력 같은 소식을 듣습니다. 기적적으로 목숨을 구했지만, 경추 손상으로 전신마비가 된 아들! 그 아들을 향한 아버지의, 가족들의 절절한 러브스토리입니다.

독실한 신앙을 가진 저자는 하나님께 기도하고 간구하며 절망을 희망으로 바꾸어 나갑니다. "사랑하는 아들아, 내가 거기 있을 거야. 네가 어디에 있든지 네 곁에 있을 거야." 아버지의 그 말은 바로 하나님의 말씀 그 자체였습니다.

"내가 사망의 음침한 골짜기를 다닐지라도 해를 두려워하지 않을 것은 주께서 나와 함께 하심이라. 주의 지팡이와 막대기가 나를 안위하나이다." 바로 이런 고백입니다.

책 제목과 같이 책을 읽는 내내 행복했습니다. 안타까운 불행과 절망, 모진 역경과 시련을 당해도 깊은 성찰과 깨달음을 통해 더 성숙한 삶으로 바꾸어가는 소박하지만 위대한 사람들을 만났기 때문입니다. 그러면서 저도 많은 것을 생각하고 또 느꼈습니다.

진정 우리의 삶이 어떠해야 하는가를. 그리 길지 않은 세상을 살아가면서 어느 누구를 막론하고 다 겪어야만 하는 일들을 남이 아닌 지금 내가 겪을 때는 어떻게 겪어내야만 하는가를 사유하고 성찰하는 시간을 가졌습니다. 저는 이 책을 제가 좋아하는 사람들에게도 권하고, 선물할 생각입니다.

류시화 시인은 책을 읽는다는 것에 대해 '영혼의 돌봄'이라고 하시면서 이렇게 말했습니다.

더 많은 책을 읽고, 더 많은 시를 읽으시길 바란다. 그것이 '영혼의 돌봄'이다. 우리의 눈은 활자를 읽어 내려가지만, 그때 우리의 영혼은 세상을 읽어 내려가고 풍요로워진다.

나는 우리가 '영혼을 가진 육체가 아니라 육체를 가진 영혼'이라는 말에 동의한다. 인도의 라자스탄 지역을 여행한 사람이라면, 낙타 사파리를 하면서 사막에서 텐트를 치고 하루나 이틀 자본 적이 있다. 자정 너머 밖으로 나오면 별들이 머리 위로 쏟아진다.

단단하게 못과 콘크리트로 고정된 지붕, 단단히 동여맨 관념들에서 벗어나 내 눈동자 속에 활자로 흐르는 별들의 반짝임을 갖는 것이 독서다.

참으로 귀한 말씀이 아닐 수 없습니다. 그래서 저는 책을 선물하고, 책을 선물 받는 것이 참 좋습니다.

사랑하는 인산편지 가족 여러분!

이오덕 시인의 「감나무 있는 동네」라는 시는 오월이 되면 생각나는 아주 정겨운 시입니다. 어렵지 않으면서 포근하고 따뜻한 시입니다. "어머니,/오월이 왔어요"라고 시작하는 이 시에는 '감나무'와 '연둣빛 잎사귀'와 '철쭉꽃 지는 언덕', '찔레꽃 향기'가 있어 우리들을 고향의 아늑한 품으로 인도해 줍니다.

삶이 고단할 때 이런 고향과 이런 집을 떠올릴 수 있다면 행복한 겁니다.

이런 마음을 담아 오늘 인산이 당신께 묻습니다.

"지금은 행복한 시간임을 당신도 느끼십니까?"

인산편지 독자님들의 지금은 행복한 시간이면 좋겠습니다. 아니, 행복한 시간임을 깨달으셨으면 좋겠습니다. 머리가 아닌 가슴으로, 관념이 아닌 행동으로, 지식이 아닌 실천으로 깨달으시길 두 손 모아 소망합니다.

-20180514

4부

지금, 당신의 마음도 소리를 냅니까?

이 가을, 당신의 영혼을 적시는 멜로디는 무엇입니까?

밤하늘의 멜로디 내 영혼의 멜로디
-인산 김인수

최전방 낯선 방에서 설핏 잠들었는데
익숙한 트럼펫 소리 오히려 날 깨운다
부대에서 들려오는 22시 취침나팔
잊지 못할 그 소리, 밤하늘의 멜로디

유난히도 추웠던, 태릉의 밤하늘을 뚫고 울렸었지
생전 처음 들어본 그 소리가 유난히도 서러웠었지

나라 위해 왔으니 지쳤어도 쓰러지지 마라
군인 되려 왔으니 힘들어도 포기하지 마라
하고 싶은 말 잔뜩, 절절한 바람 한 가득 담고 담아
눈물로 날 다시 일으켰던 가슴 뜨거운 그 선율

오늘밤 비 소리에 섞여 울리는 밤하늘의 멜로디
젊은 날 시리도록 가슴 저몄던 내 영혼의 멜로디

새벽에 길을 나서니 빗방울이 조금씩 떨어집니다. 바닥을 보니 흥건하게 젖어있는 게 간밤에 비가 제법 내린 모양입니다. 가을비입니다. 많은 생각에 잠기게 만드는, 소중한 추억을 떠올리게 하는 가을비입니다.

가을비 하면 생각나는 노래가 있습니다. "그리움이 눈처럼 쌓인 거리를 나 혼자서 걸었네. 미련 때문에…" 최헌의 '가을비 우산속'이라는 노래입니다. 혹시 저만 아는 노래는 아니겠죠?

아직도 다 떨쳐 내지 못하고 울긋불긋한 나무 아래, 그 밑에 마치 융단처럼 깔려 있는 나뭇잎, 그 위로 떨어지는 가을비, 우산을 쓰고 그 가을비를 맞고 있는 사람… 생각만 해도 한 폭의 그림 같은 풍경이 떠오르지 않습니까?

우리는 그런 시간을 가져야 합니다. 이 가을, 그런 시간을 보내야 합니다. 우리의 삶은 그냥 깊어지지 않습니다. 깊어지기 위해 늘 노력해야 합니다. 깊은 사람을 만나야 하고, 깊은 글을 대해야 하고, 깊은 때를 잡아야 하고, 깊은 곳으로 향해야 합니다. 가을비가 내리는 이 아름다운 늦가을, 만추에 당신이 조금 더 깊어지길 소망합니다.

지난 며칠 간 아침저녁으로 꽤 쌀쌀했었는데 많이 풀렸습니다. 일요일 전까지는 다소 포근한 날이 계속된다고 합니다. 빨리 다가오려고 서두르던 겨울이 가을에게 조금 더 머물 시간을 주는 듯합니다.

그래서 그런지 몰라도 세상은 온통 가을로 물들어 있습니다. 비록 절정을 지났다고는 하지만 아직 채 떨어지지 않은 잎사귀들이 막바지 단풍을 뽐내고 있습니다. SNS에는 친구님들이 보내주는 갖가지 가을사진으로 도배가 되어 있습니다.

그러고 보면 지금은 거의 모두가 사진작가 수준입니다. 진정한 사진작가님들이 들으시면 서운하실지 몰라도 제가 볼 때에는 정말 그렇습니다. 특히 스마트폰의 카메라 성능이 좋아지면서 가볍게 찍어서 올리는 사진도 작품이 됩니다.

오늘이 입동입니다. 겨울의 문턱까지 가려면 우리에겐 아직도 많은 시간들이 남아있을 거라고 생각하지만, 한편으로는 쏜살같이 지나가는 시간이 우리를 그리 여유 있게 놔두지는 않을 겁니다. 그래서 하루하루가 더 소중합니다.

제가 근무하고 있는 연무대에는 손님들이 많이 오십니다. 육군훈련소가 워낙 잘 알려진 부대이고, 부모님들과 국민의 사랑을 받는 부대이다 보니 그렇습니다.

입영이나 수료식 때 오시는 부모님, 형제, 친구들은 이루 말할 수 없이 많고, 나라사랑 안보견학 차원에서 일부러 시간을 내어 단체로 오시는 분들도 많이 계십니다.

그런 분들이 방문하실 경우 저는 특별한 일이 없으면 늘 가서 인사를 드립니다. 부대를 찾아주신 귀한 손님이기에 정성을 다해 맞이합니다.

오신 분들을 일일이 맞이하고, 기념사진도 찍고, 부대 소개영화도 보여드리고, 필요하면 훈련병 아들들이 생활하고 있는 생활관, 사용하는 보급품 등을 보여드리기도 합니다.

훈련소에 대한 기억들 중 대부분이 과거의 기억이고, 특히 일부 손님들 중에는 안 좋았던 기억들을 아직도 품고 계신 분들도 있습니다. 그런 분들은 달라진 훈련소의 모습에 찬사를 보내곤 합니다.

어제도 제가 근무하고 있는 연무대에 아주 귀한 손님들이 찾아주셨습니다. 농림축산식품부 산하 단체의 비상계획관님들께서 오셨습니다. 제 동기생 두 명을 포함하여 모든 분들이 육해공군 선후배 사이인 군 출신들입니다.

그분들에게 창설 67주년을 맞은 육군훈련소에 대해 자세히 설명 드리고 나서 저는 제가 펼치고 있는 '세미책' 운동에 대해서도 말씀드렸습니다.

육군훈련소를 포함하여 전후방 사단 신병교육대대, 해공군과 해병대의 기초군사훈련단까지 군에 처음 들어왔을 때부터 우리 아들들에게 책을 읽게 하는 운동이라고 자세하게 말씀드렸습니다.

많은 분들께서 감동을 받으셨다고 이구동성으로 말씀하셨습니다. 그러면서 십시일반으로 세미책에 책값을 기부하시겠다고 하셨습니다. 참으로 감사한 일이 아닐 수 없습니다.

특히 과거에 제가 모셨던 선배님 한 분은 서울에 올라가셔서 전화를 주셨습니다. 참으로 대단하다고 칭찬하셨습니다.

무엇보다도 세상의 미래를 위해 지금 노력하고 있는 그 모습이 정말 멋지다는 말씀을 수차례 하셨습니다. 부족한 모습에도 불구하고 과찬을 해주신 선배님께 감사드리고, 그 칭찬에 꼭 보답하겠습니다.

아울러 이 지면을 빌려 함께 하셨던 모든 분들께 감사드립니다. 시간이 없어 짧게 전했음에도 불구하고 우리 훈련병 아들들을 위해 흔쾌히 동참해 주신 '농비회' 회원님들의 그 뜻을 잘 새겨서 우리 훈련병 아들들에게 좋은 책을 선물할 수 있도록 하겠습니다.

지금 세미책이 점점 더 발전하고 있습니다. 그래서 이 자리를 빌려 많은 분들께 감사의 마음을 꼭 전해올리고 싶습니다. 신완섭 작가님, 서성채 작가님, 이준성 선생님, 조문교 선생님께서 귀한 저서를 포함하여 많은 책을 보내주셨습니다.

한 달 동안 정성을 다해 읽은 책을 예쁘게 포장해서 보내주시는 회원님들도 많습니다. 제가 나온 고등학교 동창회장인 변희창 원장은 세미책 포스터를 만들어 기증한다고 합니다. 코칭 전문가이신 이숙현 대표님은 '세미책'의 상표 등록을 추진하고 있습니다.

이외에도 곳곳에서 많은 책들이 밀려오고 있습니다. 모든 분들의 귀한 마음에 정말 감사합니다. 우리 세미책 회원님들로 인해 저와 우리 훈련병 아들들은 엄청 행복합니다.

사랑하는 인산편지 가족 여러분!

어제는 저녁에 퇴근한 후 특별한 일이 없어서 모처럼 서재의 책상 앞에 오랫동안 앉아 있었습니다. 책을 읽고, 음악도 듣고, 인산편지에는 어떤 내용을 담을까 구상도 하면서 혼자만의 시간을 보냈습니다.

참으로 행복한 시간을 보내던 중에 어디선가 익숙한 음악이 들려왔습니다. 멀리서 들려오고 있지만 제법 선명했습니다. 바로 부대에서 들려오는 소리였습니다.

제가 살고 있는 관사가 훈련소 본부와 그리 많이 떨어져 있지 않기에 여러 소리들이 들립니다. 기상나팔 소리, 함성 소리, 훈련병 아들들이 부르는 애국가 소리 등등이 아침에 들려오고, 밤에는 취침나팔 소리만이 들려옵니다.

어제 서재에서 들은 소리가 바로 22시 취침나팔 소리였습니다. 군에 다녀오셨던 분들은 잘 아실 겁니다. 취침나팔 소리가 어떤 소리인가를요. 그 소리가 얼마나 달콤하고 듣기 좋은지를요.

그 소리를 들으니 문득, 2년 전 어느 비 오는 날 전방부대에서 들었던 취침나팔 소리가 생각이 났습니다. 그때 그 소리를 들으면서 썼던 시가 떠올랐습니다.

위의 제 졸시는 바로 그때 낯선 전방부대의 복지회관 방에서 취침나팔 소리를 들으면 쓴 시입니다. 시에 대해서는 더 이상 말씀드리지 않습니다. 그저 시인의 마음이 되어 같이 음미해 주시면 감사하겠습니다.

이 마음을 담아 오늘 인산이 당신께 묻습니다.
"이 가을, 당신의 영혼을 적시는 멜로디는 무엇입니까?"

바쁘게 살아가는 삶입니다. 뒤를 돌아보거나 옆을 살필 여유도 별로 없는 삶입니다. 사유와 성찰은 바로 그럴 때 더욱 절실히 필요한 것입니다. 언젠가 당신이 외롭고 힘들 때 당신의 영혼을 적셨던 멜로디를 찾으십시오.

그리고 그 멜로디가 여전히 당신을 위로하고 있음을 느껴 보십시오. 당신이 살아갈 힘이 다시 솟아날 겁니다. 그리고 저에게만 살짝 들려주십시오. 가끔 인산편지 속에 담아 당신의 영혼을 적셔 주길 원하는 소박한 저의 바람입니다. 지금 제게는 세미책의 멜로디가 끝없이 울려 퍼지고 있습니다.

-20181107

◆

오늘, 당신은 누구에게 당신의 온기를 나누어 주시렵니까?

이번 주 들어서 내내 눈이 내리고 있습니다. 잠시 내렸다가 멈추는 눈이 아니고 소복하게 내리는 함박눈이라 금세 쌓입니다. 내린 눈은 뚝 떨어진 기온을 만나 금세 얼어붙고 맙니다.

눈이 많이 내리니 우리 훈련병 아들들이 고생합니다. 아침에 일어나자마자 눈을 치워야 합니다. 그렇지 않으면 훈련을 할 수 없기 때문입니다. 그래서 아직도 눈이 좋은데, 그것도 많이 좋은데 좋다고 말할 수도 없고, 표현할 수가 없습니다.

오늘부터는 주말까지 강추위가 기승을 부린다고 합니다. 일기예보를 들어보니 대관령이 영하 20도 밑으로 내려가고 서울도 영하 13도가 된다고 하니 그야말로 전국이 꽁꽁 얼어붙을 듯합니다.

논산으로 와서 제가 아침 회의 때마다 늘 강조하는 것이 훈련병 아들들의 방한대책입니다. 겨울에도 훈련은 강하게 하되 추위를 느끼지 않도록 철저하게 대비를 하라고 합니다. 말로만 하지 않습니다. 가서 직접 확인을 합니다. 어제도 눈이 내리는 중에 훈련장으로 나갔습니다. 제가 말씀드렸죠? 훈련병 아들들만 보면 가슴이 뛴다고요. 사격을 하는 부사관후보생들과 수류탄 투척 연습을 하는 훈련병들을 보면서 정말 가슴이 뛰었습니다.

훈련장에 가니 저를 처음 봄에도 불구하고 아주 반갑게 맞아줍니다. 경례도 크게 하고, 물어보면 대답도 큰소리로 아주 잘합니다.

한 명 한 명 손을 어루만지고, 따뜻한 눈빛으로 격려했습니다.

많이 행복했습니다. 무엇보다도 저는 그 순간 제가 만난 2백 명이나 되는 훈련병의 부모님들을 생각하면 가장 부러운 사람이지 않겠습니까? 그 부모님들이 꿈에도 그리는 보고 싶은 아들을 저는 직접 보고, 어루만지고, 쓰다듬어 주고 있으니까요…

그들을 보면서 저는 다짐했습니다. 매일 매일 훈련장에 나가겠다고요. 앉아서 하는 일은 과감하게 줄이고, 늘 현장에서 우리 아들들과 함께 하는 삶을 살아가겠다고요. 진정한 동고동락이 무엇인지 제가 솔선수범하면서 후배들에게 가르쳐 주겠다고요.

인산편지에 많은 독자님들이 답장을 보내시면서 날마다 가슴이 뛰는 삶을 살아가고 있는 제가 부럽다고, 행복한 사람이라고 하셨습니다. 정말입니다. 이렇듯 제게 주어지는 하루하루, 순간순간의 삶들이 많이 기다려지고, 설레고, 가슴이 뛰기에 저는 아주 많이 행복한 사람임에 틀림없습니다.

저도 일일이 우리 독자님들의 답장에 댓글을 달지는 못하지만 이 지면을 빌려 감사의 마음과 더불어 꼭 한 말씀을 드리고 싶습니다. 날마다 인산편지를 보면서 가슴이 뛴다고 하시는 분들 역시 행복하신 분들임에 틀림없습니다. 그러하기에 부족한 저의 마음을 크게 받아 주시는 귀한 마음, 날마다 저와 더불어 나누는 사유와 성찰의 삶을 통해 우리 독자님들이 그 누구보다도 행복한 삶을 펼쳐가고 있음을 알고 있습니다. 많은 분들께서 말씀하신 대로 저 역시 이 귀한 만남과 인연을 오래 오래 이어가고 싶습니다.

사랑하는 인산편지 가족 여러분!

요즘처럼 눈도 많이 내리고, 기온이 급격하게 내려가는 때에는 무엇이 가장 생각나고, 무엇이 가장 필요할까요? 뭐니뭐니해도 따뜻한 온기가 아닐까요?

어느 시인은 노래했습니다. 연탄재 함부로 발로 차지 말라고. 당신은 그 누구에게 한 번이라도 뜨거웠던 적이 있었냐고 물으면서 말입니다. 우리의 삶이 연탄재처럼 어느 한 순간 꼭 뜨겁지는 않더라도 최소한 따뜻해야 함은 분명합니다. 그리고 말입니다. 따뜻한 온기가 더욱 필요할 때가 있습니다. 요즘처럼 많이 추울 때 필요합니다. 이 추운 날에 추위를 더 많이 느낄 수밖에 없는 사람들에게 꼭 필요합니다. 그 사람들에게 있어서 온기는 생기입니다. 사람을 살리는 기운, 생명을 불어넣는 기운인 것입니다.

그런 마음으로 오늘 인산이 당신께 묻습니다.
"오늘, 당신은 누구에게 따뜻한 온기를 나누어 주시렵니까?"

할 수만 있다면 마음껏 나누어 주십시오. 퍼내고 또 퍼내도 마르지 않는 샘물처럼 당신의 따뜻한 심장에서 뿜어져 나오는 뜨거운 피를 담아내십시오. 온 세상에 하얗게 내려 마음을 따뜻하게 만드는 눈처럼 당신도 따뜻한 눈빛으로, 따뜻한 말로, 따뜻한 손길로 당신의 온기를 이 세상 그 누군가에게 나누어 주십시오.

당신과 제가 그렇게 서로의 온기를 나누고 전할 때, 그 온기를 몸으로 마음으로 느낄 때 우리가 사는 이 세상은 아무리 추워도 견딜 수 있고, 아무리 힘들어도 참아낼 수 있는 정말 따뜻하고 아름다운 세상이 될 거라 저는 믿습니다.

-20180111

◆

지금, 당신도 기도하고 있습니까?

어제 두 가지 기쁜 소식을 접했습니다. 먼저 국제문학 문인협회에서 주관하는 제3회 한반도통일문학상 수상자로 제가 선정되었다는 소식이었습니다. 지난 2014년 작가로 등단한 이후 처음으로 받는 문학상입니다. 그러니 기쁠 수밖에 없습니다.

12월 8일, 서울에서 시상식이 열린다고 합니다. 군인으로서, 호국시인으로서 전쟁과 죽음을 노래하고, 분단의 아픔을 달래고, 통일과 번영을 꿈꾸는 한 부족한 시인에게 주는 과분한 격려입니다.

이 자리를 빌려 저를 뽑아주신 국제문학 문인협회 회장님과 여러 심사위원 여러분들께 깊이 감사드립니다. 군인 작가로 살아가면서 더 충성하고, 더 잘하라는 격려로 겸허히 받아들입니다.

남북관계와 국제정세가 급격하게 변해가는 요즘 들어 더더욱 평화를 갈구하게 됩니다. 군인으로서 전쟁이, 전투가 얼마나 참혹한 일인지를 잘 알기에 더더욱 평화를 원합니다.

사람으로 사람을 죽이는 일이 더 이상 일어나서는 안 됩니다. 사람으로 사람을 많이 죽일수록 영웅이 되는 모순이 사람이 사는 세상에서 다시 되풀이 되어서는 안 됩니다. 군인으로서, 작가로서 제가 늘 꿈꾸는 세상이 그런 세상입니다. 최악에 대비하여 늘 전투준비를 하는 군인이지만, 마음은 언제나 싸우지 않고 승리하는 길을 찾아갑니다. 그 길을 당당하게 걸어가겠습니다.

또 하나의 기쁜 소식은, 제가 속한 대한민국 국방예술협회에서 주관하는 건군 제 70주년 기념 시, 서, 화 예술인 특별초대전이 전쟁기념관에서 열리고 있다는 소식입니다. 어제 화려하게 개막식을 했습니다. 비록 저는 못 갔지만 마음으로 많은 축하를 보냈습니다.

제가 선보인 작품은 저의 대표작이라 할 수 있는 '유월에 나는' 이라는 작품입니다. 제가 쓴 시이지만 낭송하다 보면 저도 모르게 눈물이 나옵니다. 그 절절함이 지금도 제 마음을 진하게 울립니다.

창피하거나 쑥스럽지 않습니다. 할 수만 있다면 더 많은 눈물을 흘리고 싶습니다. 그 눈물로 그분들의 피를 조금이나마 위로할 수 있다면 얼마나 좋겠습니까? 그 깊고 진한 울음의 강을 건너야만 비로소 정화가 될 수 있습니다.

세미책 공동대표이신 성○○ 시인님도 같이 참여하고 계십니다. 정말 감사한 일입니다. 군인을 사랑하시고, 나라를 지키는 사람들을 아껴 주시는 그 마음에 늘 감동입니다. 국민의 사랑과 신뢰를 먹고 사는 군대이기에 언제, 어떤 일이 있더라도 이 나라를, 우리 국민을 안전하게 지킬 것을 늘 다짐합니다.

사랑하는 인산편지 가족 여러분!

어제 인산편지를 보내고 나서 참으로 행복한 답장을 한 통 받았습니다. 물론, 일일이 많은 사연을 담아 보내 주시는 답장들이 다 소중하지만 그 중에 특별히 기분 좋은 답장을 소개해 드립니다.

"학생들하고 야외수업을 하면서 같이 찍은 사진 보니 행복해보이지요? 우리 인산 시인님은 저보다 더 많은 젊은이들이 곁에서 바라보며 좋아하고 있지 않습니까? 제가 보기에 우리 인산시인님은 별 5개 보다 더 존귀하고 소중한 분입니다~~~!

우리 더도 덜도 바라지 말고 지금의 이 넘치는 행복을 감사하며 맘껏 누려요~^^"

참으로 감사합니다. 별 다섯 개인 오성장군보다 더 존귀하고 소중한 사람이라는 이 과분한 칭찬을 제가 다 감당할 만큼 합당한 삶을 살아가고 있는지 돌아보고 또 돌아봅니다.

어떤 마음이신지 압니다. 어떤 기대인지 압니다. 어떤 희망인지도 잘 알고 있습니다. 자연과 세상과 사람을 사랑하는 인산편지를 통해, 세상의 미래를 바꿀 책 읽기를 통해 제가 꿈꾸는 세상을 함께 걸어가시는 분이기에 과분하지만 받겠습니다.

이 땅의 수많은 젊은이들과 날마다 호흡하면서 그들에게 희망을, 그들에게 사랑을 전하는 삶을 놓치지 않겠습니다. 그들에게 원대한 소망을 품고 나아가겠습니다.

우리 인산편지 독자님들과 세미책 회원님들이 함께 하시기에 힘들지 않습니다. 외롭지 않습니다. 누구보다도 더 당당하게 나아갈 수 있습니다. 늘 함께해 주실 것을 저는 믿습니다.

박인희 시인의 시 「친구를 위한 기도」는 제목 그대로 친구를 위한 기도입니다. 시인의 기도의 대상엔 저도 포함되어 있습니다. 비록 인사를 나누지 않았고, 허락을 받지도 않았지만 제가 시인의 친구가 되고 싶기 때문입니다.

또한 저 역시 친구를 위해 기도합니다. 이 세상에 살고 있는 수많은 친구들을 위해 기도합니다. 시인의 마음을 제 마음으로 잠시만 옮겨 놓으면 굳이 다른 기도문을 쓸 필요가 없습니다.

우리는, 우리 모두는 모두 저마다의 사연을 품고 있습니다. 저마다의 상처도 군데군데 나 있고, 아직 아물지 않아 겹겹이 싸맨 곳도 있습니다. 상처 하나 없이 온전히 살아가는 사람은 없습니다.

오늘 인산이 당신께 묻습니다.
"지금, 당신도 기도하고 있습니까?"

기도하십시오. 날마다 기도하십시오. 당신이 사랑하는 부모형제를 위해, 친구를 위해, 전우와 동료들을 위해, 곁에 있는 사람들을 위해, 이 세상 모든 사람들과 이 세상의 모든 것들을 위해 기도하고 또 기도하십시오.

기도는 사랑입니다. 기도는 아무 때나 베풀 수 있는 큰 사랑입니다. 그렇게 저와 당신의 기도가 이 세상에 울려 퍼질 때 우리가 사는 이 세상이 조금 더 행복해지고, 조금 더 아름다워지지 않겠습니까?

-20181128

◆

지금, 당신의 마음도 소리를 냅니까?

어제부터 오늘까지 이틀째 육군본부에서 시간을 보내고 있습니다. 분기별로 장성급장교를 대상으로 하는 Army Vision Academy에 참석하고 있습니다.

육군의 주요 정책에 대해 소개를 하고, 공감대를 형성하며, 더 좋은 방안에 대해 의견을 나누고 토의하는 시간입니다. 현재 육군을 지휘하고 계시는 참모총장님께서 부임 후 이런 기회를 마련한 것입니다.

어느 조직이나 구성원들끼리의 화합보다 중요한 것은 없습니다. 특히 조직을 이끌어 가는 최상위 리더나 리딩그룹에 있어서는 더욱 중요합니다. 역사 이래로 지휘부, 지도부가 단합되지 못하고 조직을 하나로 이끈 전례는 찾아보기 힘들 테니까요.

워킹 런치! 도시락으로 점심을 먹으면서까지 4시간 동안 참모총장님과 생각을 나누고 의견을 교환하며 열띤 토의를 했습니다. 육군의 미래, 육군이 나아갈 방향에 대해 서로 마음을 합했습니다.

오늘날 갈수록 안보환경이 불확실한 상황에서 육군은 더더욱 힘든 여정 속에 있습니다. 얼마전 국회에서 확정된 내년도 예산안을 보면 육군보다 규모가 6배 정도 작은 공군의 전력증강 예산이 육군을 능가했습니다. 굳이 공군과 비교를 하는 건 아니지만 그만큼 육군이 위기에 빠져 있다는 것을 강조하고자 함입니다.

안보환경이 변화하는 시대에 있어 육군의 역할, 국방 개혁, 병사들의 복무기간 단축, 그로 인한 우수인력 획득의 어려움, 육군의 정체성 확립, 미래를 향한 비전과 나아갈 방향, 선진국의 사례 등 여러 가지를 고려할 때 참으로 해야 할 일들이 많습니다.

부디 바라기는 무엇보다도, 누구보다도 우리 국민들께서 대한민국 육군을 응원하고 지지해 주셨으면 하는 바람입니다. 대한민국 육군은 풍전등화의 위기 속에서 이 나라를 구하고, 지금의 번영된 나라가 되는데 가장 큰 역할을 했습니다.

그동안 여러 가지 일들로 인해 군이 국민의 신뢰를 받지 못하는, 신뢰를 저버리는 일이 있었지만 지금은 아닙니다. 국민의 신뢰를 얻지 못하는 군대는 설 자리가 없음을 분명히 알고 있습니다.

참모총장님을 비롯한 군 수뇌부를 포함하여 군복을 입고 있는 모든 군인이 분명하게 인식하고 있습니다. 더군다나 요즘처럼 안보환경이 급격하게 변하는 시대에 있어서는 더욱 더 국민들의 신뢰가 절실합니다. 미국처럼, 다른 선진국처럼 군대를 존경하고, 군인을 존중해 달라고 말씀드리고 싶습니다. 이 세상에 수만 가지 직업이 있지만 목숨을 바칠 것을 전제로 하는 직업은 오직 군인밖에 없습니다. 정말입니다.

저 역시 지금까지 35년 째 군복을 입고 살고 있지만, 나라가 목숨을 바칠 것을 원하면 언제든지 기꺼이 이 한 목숨 바치겠노라 늘 다짐하며 살아왔습니다. 매일 매일 군복을 입으며 이 옷이 저의 수의라고 생각하며 살아왔습니다. 지금 이 순간에도 제 목숨을 초개같이 바칠 수 있습니다.

군인은 그런 사람들입니다. 군대는 그런 집단입니다. 우리 인산편지 독자님들이야 워낙 군대를 좋아하시고, 군인을 좋아하시기에 감사합니다만 다른 분들도 군대와 군인을 끝까지 믿고 사랑해 주셨으면 하는 마음입니다.

군에 대한 기사가 나올 때마다 수없이 달리는 부정적인 댓글을 더 이상 보고 싶지 않습니다. 일부에 해당될 거라 여기면서도 그마저도 없었으면 하는 마음입니다.

물론 군대부터, 군인들부터 똑바로 하겠다는 다짐이 먼저입니다. 오직 나라와 국민을 지키겠다는 일념 하나, 세상의 부귀와 영광을 구하지 않고 '위국헌신 군인본분'의 자세로 나아갈 것을 다짐하는 것이 우선임을 분명하게 말씀드리겠습니다.

이런 중차대한 시기에 저는 계룡대로 자리를 옮기게 될 예정입니다. 제 꿈이 스며있는 이곳 연무대를 곧 떠나야 합니다. 차마 발걸음이 떨어지지 않을 듯합니다. 그래서 미리 말씀드리지 않으려고 했는데, 떠날 때는 말 없이 라고 조용히 가려고 했는데 아무래도 인산편지 독자님들께는 확실하게 보고(?)를 하고 떠나야 하지 않을까 싶습니다.

이제 이곳 연무대에서의 생활도 딱 2주 남았습니다. 더 있고 싶어도 있을 수 없습니다. 연무대에 더 있게 해 달라고 요청도 했지만 이미 옮기는 것으로 결정이 되어 있다고 안 된다고 했습니다. 2주 후인 12월 27일 부로 육군군사연구소장으로 가게 됩니다.

뭐하는 곳이냐구요? 한 마디로 쉽게 말씀드리면 육군의 역사, 부대의 역사를 기록하고, 동서고금의 수많은, 지금도 벌어지고 있는 전쟁의 역사를 연구하는 곳입니다. '온고지신', '법고창신' 과거를 거울삼아 미래를 불 밝히는 곳입니다.

참으로 중요한 일을 하는 육군의 싱크탱크입니다. 저는 제가 그곳으로 가는 이유를 알고 있습니다. 미래를 위해, 변함없이 헌신할 후배들을 위해 더 좋은 육군, 더 멋진 육군을 만드는 일이 군 생활이 얼마 남지 않은 제게 남은 사명이라 생각하고 헌신할 것을 다짐합니다.

역사 앞에서! 냉철한 이성과 뜨거운 감성으로 주어진 소임을 다할 것입니다. 새로운 곳에 가서도 인산편지는 변함없이 이어집니다. 비록 훈련병 아들들과의 아름다운 소통은 잠시 중단되겠지만 하루하루 더 사유하고 성찰하는 삶의 모습을 변함없이 인산편지에 담겠습니다. 늘 함께 해 주시길 소망합니다.

사랑하는 인산편지 가족 여러분!

지금은 새벽입니다. 큰 길로 오가는 차들 소리만 간간이 들려올 뿐 세상은 조용합니다.

조용히 눈을 감고 묵상합니다. 이 소중한 날, 또 하루를 주신 하나님께 감사합니다. 어제 이 세상을 떠난 수많은 사람들이 그토록 다시 주어지길 원했을 이 하루가 제게는 값없이 주어졌습니다. 그렇게 간절하게 원하지 않았는데도 늘 그렇듯이 또 주어졌습니다.

저는 압니다. 오늘 이 하루가 얼마나 소중한 하루인지를요. 그래서 감사하고 또 감사합니다. 이 하루를 보냄에 있어 다른 무엇이 중요하겠습니까? 권력, 명예, 돈이 중요하겠습니까? 아니면 믿음, 소망, 사랑이 중요하겠습니까? 저는 주저없이 선택할 수 있습니다. 오늘 제게 다시 주어진 이 하루의 삶을 어떤 것으로 채워야 할지 저는 분명히 알고 있습니다. 물론 당신도 그러실 테지요. 당신께 바람이 있다면 가슴 아파하지 마십시오. 이 세상을 살아가면서 부디 가슴 아파하지 않으셨으면 좋겠습니다.

세상에 있는 모든 것들은 다 가슴 아픈 것들입니다. 세상에 존재하는 모든 사람들은 다 가슴 아픈 사람들입니다. 그래서 우리 모두는 저마다 소리들을 내고 있는 겁니다.

김재진 시인의 시 「가슴 아픈 것들은 다 소리를 낸다」에서 시인은 가슴 아픈 모든 것들은 소리를 낸다고 얘기합니다. 별에서 나는 소리, 호수가 내는 소리, 바람이 흘리고 세월이 전하는 수많은 소리들이 제 곁에, 당신 곁에 있습니다. 늘 그런 소리를 듣고 살았습니다. 지금도 그런 소리를 듣고 살아가고 있습니다. 그 소리가 가슴이 아프기에 내는 소리란 걸 미처 알지 못하고, 마음 쓰지 못했을 뿐이지요. 김재진 시인은 우리에게 그걸 깨우쳐주고 있습니다.

오늘은 이런 시인의 마음을 담아 인산이 당신께 묻습니다.
"지금, 당신의 마음도 소리를 냅니까?"

지금 이 순간, 당신이 내는 소리에 귀를 기울여 보십시오. 당신의 소리를 들어보십시오. 당신의 마음이 내는 소리를 들어 보십시오. 소리가 들릴 겁니다. 아픈 것들은 다 소리를 내고 있으니 당신의 마음도 소리를 내고 있을 겁니다.

외면하지 않을 겁니다. 귀 기울일 겁니다. 제 마음의 소리에 귀를 기울이고, 다른 사람이 내는 소리에 귀를 기울일 겁니다. 이 세상이 내는 소리에 귀를 기울일 겁니다.

쨍그랑 소리 내며 세월이 가고 있음을 늘 깨달으며 세상의 모든 가슴 아픈 것들이 내는 소리를 깊이 받아들이며 살아가는 저와 당신의 삶이길 마음 모아 소망합니다.

-20181211

◆

지금, 당신에게 무엇이 아름답습니까?

연말이 다가오고 있습니다. 공적으로나 사적으로 다 마무리를 해야 할 시점입니다. 그러한 마무리 의식 중의 하나가 모임입니다. 해마다 연말이 되면 사람들마다 바쁜 시간들을 보냅니다. 저마다 송년회다 망년회다 하여 여러 모임들이 많습니다. 아무리 경제 사정이 안 좋다 해도 이런 저런 한 두 번의 모임은 다 있습니다.

연예인처럼 뭐 그리 유명인사는 아니지만, 저 역시 연말까지 스케줄이 꽉 차 있습니다. 특히 얼마 안 있으면 연무대를 떠나야 하기에 만나야 할 사람들, 만나고 싶은 사람들이 많기 때문입니다. 사람들마다 각자 나름대로의 취향이 다 있겠지만 제 개인적으로는 보다 품격 있고, 격조 있는 연말을 보내고 싶다는 생각을 늘 합니다.

세종문화회관이나 예술의 전당 같은 곳에서 클래식의 장중한 선율에 취하기도 하고, 국립 현대미술관 같은 곳에서 시대를 살다간 대가들의 위대한 명작을 오래 오래 서서 깊이 음미하고 싶다는 생각 말입니다. 그뿐이 아닙니다. 아무도 찾지 않는 호젓한 산 속에 자리 잡은 자연휴양림 같은 곳에서 몇 날 며칠 오래도록 시간을 보내고 싶습니다. 혼자여도 좋고, 마음이 통하는 사람과도 좋습니다. 저는 개인적으로 우리 인산편지 독자님들과 함께 하는 것도 참 좋다고 생각합니다.

말이 나왔으니까 드리는 말씀인데 제 버킷리스트 중의 하나가

은퇴 후에 '인산의 문학기행' 또는 '인산과 함께 하는 밤' 등의 프로그램을 만들어 밤 새워 대화하고, 강의하고, 함께 시간을 즐기는 그런 프로그램을 만드는 것입니다.

많이 오지 않으셔도 됩니다. 심지어는 한 두 분만 계셔도 됩니다. 그냥 오래도록 앉아서 제 얘기에 귀를 기울여 주실, 자신의 이야기를 진솔하게 털어 놓으실 몇 몇 분만 계셔도 저는 만족합니다. 팬이 많지 않아도 된다는 말씀은 솔직한 심정입니다.

저는 지금도 충분히 단련되어 있습니다. 인산편지를 쓰면서 말입니다. 인산편지는 많은 분들이 보고 계십니다. 특히, 페이스북 같은 경우에는 '인산편지'라는 비공개 그룹을 만들어 인산편지를 읽길 원하는 분들을 초대하고 있습니다.

인산편지 독자님들 사이에도 지인들에게 소개시켜 주거나, 회원가입을 추천하는 분들이 많으십니다. 그래서 지금은 제법 많은 회원이 생겼습니다. 그런데 매일 매일 빠지지 않고 인산편지를 읽고 계시는 충성스러운(?) 독자님들은 그리 많지 않습니다.

답장을 보내주시는 분들은 아예 정해져 있습니다. 이 자리를 빌려 깊이 감사드립니다. 일일이 다시 답장을 드리지 않아도 제 마음을 잘 이해하실 거라 저는 믿습니다. 아마도 '인산의 문학기행'에는 그분들이 빠지지 않고 오시지 않을까 싶습니다.

사랑하는 인산편지 가족 여러분!

올 한 해를 마무리하면서 제가 제일 먼저 챙겨야 할 것은 뭐니뭐니해도 '세미책 운동'입니다. 불과 네 달 전인 9월에 본격적으로 시작한 세미책 운동은 이제 자리를 잡았습니다. 많은 분들의 열화와 같은 성원에 힘입어 육군훈련소 21개 교육대에 모두 세미책을 전달했습니다. 많은 훈련병 아들들이 1주일에 책 한 권 읽는 것을 목표로 열심히 생활하고 있습니다. 부모님들께서도 많이 호응해 주시고, 아들이 책을 몇 권 읽었다고 자랑스럽게 말씀하고 계십니다.

무엇보다도 저와 함께 근무하고 있는 동료, 전우들의 생각이 바뀌었다는 것입니다. 모두들 세미책 전도사가 다 되었습니다. 분대장, 소대장, 중대장들이 먼저 스스로 책을 읽기 시작했습니다. 그리고 훈련병 아들들에게 책을 읽을 수 있는 시간을 주고, 여건을 마련해 주고 있습니다.

이제 육군훈련소를 넘어 대한민국 육군 전체로 세미책 운동이 퍼질 겁니다. 전후방에 있는 사단 신병교육대대로 세미책이 전달될 것입니다. 어제는 39사단 신병교육대대장에게 세미책을 전달했습니다. 제가 새로운 곳에 가더라도 계속 이어질 것이고, 더 활발하게 펼쳐질 것입니다.

감사한 것은 한 권 두 권 책을 보내주시는 분들, 책값을 보내주시는 분들이 많다는 것입니다. 어제도 그런 책들이 많이 왔습니다. 특별히 말씀드리고 싶은 건 '책을 망치다'의 저자이신 황민규 작가님께서 독서에 관한 본인의 소중한 저서 두 권을 보내주셨습니다.

반가운 마음에 얼른 펴 보았습니다. 어쩌면 하나같이 제 생각과 똑같은지 놀랐습니다. 아니 당연한 건지도 모릅니다. 책에 대해서, 독서에 대해서 진정 알고 있는 사람들이니 똑같을 수밖에 없는 게 당연할 겁니다. 책 속으로 떠나는 여행은 새로운 세계로 떠나는 여행티켓이라는 말씀은 저도 늘 하고 있는 얘기입니다.

실무자 시절 육군본부에서 모셨고, 간호사관학교장을 거쳐 지금은 모 대학의 교수로 계시는 신혜경 님께서는 책을 네 권이나 보내주셨습니다. 한 권 한 권이 정말 소중한 책들입니다. 이 자리를 빌려 소중한 책으로, 물질로 함께 참여하시는 모든 회원님들께 깊이 감사드립니다.

김종해 시인님의 시 중에 「저녁은 짧아서 아름답다」라는 시가 있습니다. 이 시에서 시인은 아름다움을 노래합니다. 세상 모든 것을 아름답게 보아줄 줄 압니다. 늘 가까이 있는 것, 사소한 것, 아주 작은 것 하나까지도 아름답게 여깁니다. 시인은 그런 사람입니다.

우리는 그런 시인을 통해 문득, 새삼 우리가 살아가는 세상이 아름다운 세상임을 느끼고 또 느끼게 됩니다. 그런 면에서 시인을 좋아하지 않을 수 없습니다. 사랑하지 않을 수 없습니다.

혹시 당신 주위에 시인이 있으신가요? 혹시 당신은 시인을 알고 계신가요? 지금 당신의 머릿속에 떠오르는 시인은 누구인가요? 그 시인을 마음껏 마음껏 사랑하십시오. 참고로 말씀드리면 저도 시인입니다.

이런 시인의 마음으로 오늘 인산이 당신께 묻습니다.
"지금, 당신에겐 무엇이 아름답습니까?"

부디 바라기는 내가 밟고 있는 세상은 작아서 아름답다는 김종해 시인의 위대한 역설이 오늘 저와 당신의 마음에 알알이 박혀서 우리가 살아가는 이 세상이 온통 아름다워지길 원하고 또 원합니다. 그리고 말입니다. 우리는 모두 그런 세상에서 함께 살아가는 사람들임을 늘 잊지 마시길 간절히 소망합니다.

-20181213

◆

지금, 당신의 삶에서 가장 깊고 어두운 곳은 어디입니까?

모처럼 한가한 휴일을 보냈습니다. 토요일에 조문 차 인근에 있는 장례식장에 다녀온 것을 빼고는 관사에 머물렀습니다. 이제 이 관사에서 살 날도 일주일 남짓 남았기에 앞뜰과 뒤뜰을 서성이며 혼자만의 시간을 보냈습니다.

가끔 사진으로 보여드렸다시피 제가 살고 있는 관사는 뜰이 넓습니다. 나무도 꽤나 오래된, 그래서 제법 큰 나무들이 많습니다. 앞뜰에 줄지어 서 있는 큰 나무들은 벚나무입니다.

봄이 되어 벚꽃이 만개하고 나서야 그 나무들의 진가를 알게 되었습니다. 사방이 온통 벚꽃으로 덮여 멀리서 보면 관사는 보이지도 않을 정도이니 얼마나 멋지고 아름다웠겠습니까?

진해 군항제도, 여의도와 동학사의 벚꽃 축제도 무색하리만치 아름답습니다. 채 한 달도 안 되는 짧은 시간 동안 그리도 강렬한 인상을 제게 심어주었으니 존재 가치는 충분합니다.

이제 다음 주 월요일, 크리스마스이브에 이사를 합니다. 논산으로 이사온 지 불과 10개월 만에 가야 합니다. 손가락을 세어 가며 따져 보니까 21번째 이사입니다. 참 많이도 옮겨가며 살았습니다. 그래도 저는 다른 군인들보다는 이사를 덜 한 편입니다.

최근에 전역한 어느 선배님께서 전역을 하니까 참 좋다고 말씀하시는 걸 들었습니다. 저는 많이 서운하시고, 아쉬운 것 같아 말씀드렸더니 오히려 더 좋다고 하셨습니다.

저는 다시 여쭸습니다. 뭐가 제일 좋으냐고 말입니다. 자유로운 게 좋다고 하셨습니다. 38년 가까이 군복만을 입고, 짧게 머리를 깎고, 늘 대기하는 생활을 하면서 살다 보니 무엇보다도 그냥 자유로운 게 좋다고 하셨습니다.

물론, 많이 서운하실 겁니다. 더 높은 계급, 더 높은 직책을 수행하지 못하셔서가 아니라 고등학교를 졸업하고 사관학교에 진학하셔서 평생 동안 군인의 신분으로, 군복만을 입고 살아오셨으니 왜 서운하지 않으시겠습니까?

그분이 말씀하시는 자유함 속에는 오랜 세월 동안 국가와 국민이 부여한 사명과 임무를 대과 없이 성공적으로 잘 마쳤다는 안도감이 포함되어 있기에 그럴 것이라 생각합니다. 그러니 아쉬움도 있고, 서운함도 있지만 그것을 뛰어 넘고도 남는 자랑과 보람, 긍지와 자부심이 그 자유함 속에 다 포함되어 있을 것이라 생각합니다.

그게 군인입니다. 군인의 삶입니다. 오늘날 안보환경이 급격하게 변화되고 있고, 더불어 군대와 군인의 역할에 대해 일부 왜곡된 시각을 가진 분들도 계십니다. 생각이 다르다는 것은 다 받아들일 수 있습니다. 그러나 누가 뭐래도 안보는 나라에 있어 가장 중요한 일이고, 이를 수행하는 군인이야말로 나라를 위해 몸을 바칠 것을 맹세하고 헌신하는 소중한 사람들임에 틀림없습니다. 그것은 절대 부인할 수 없는 사실입니다.

저 역시 사람이기에 일부 언론에서, 일부 단체에서, 일부 사람들이 군을 폄하하고, 군인의 명예를 존중하지 않는 모습을 보면서 심히 안타까움을 금할 길이 없습니다. 이 나라를 어떻게 지켜왔는데, 이 나라가 어떻게 지켜졌는데 하는 생각에 밤잠을 못 이루고 고뇌

할 때도 많습니다.

저의 그런 고뇌는 오롯이 인산편지에 다 녹아 있습니다. 그리고 저의 그런 고뇌의 산물이 바로 세미책 운동입니다. 생각으로만, 마음으로만 머물지 않고 행동으로 옮기는 것입니다.

이 땅의 젊은이들이, 우리 군대에 들어오는 훈련병 아들들이 올바르고 균형있는 생각, 깊은 사유와 성찰, 행동하는 용기를 가질 수 있도록 군에 들어오면서부터 늘 책을 가까이 하는 습관과 힘을 기르도록 하는 것입니다.

올 한 해를 보내며 제가 가장 마음 뿌듯하게 생각하는 것이 바로 세미책 운동입니다. 이미 육군훈련소 21개 교육대는 불이 활활 타오르고 있습니다. 저의 동료들인 교육대장들이 신념을 가지고 추진하고 있습니다.

지난 금요일에도 저는 교육대장들과 자리를 함께 하면서 진행되는 모습을 점검했습니다. 전 훈련병 아들들이 책을 한 권 이상 읽는 것은 기본이고, 5권 이상 읽는 아들들도 20%가 넘는다는 얘기를 들으며 참으로 흐뭇했습니다.

이제 계룡대로 자리를 옮기고 나면 육군훈련소를 넘어 야전의 모든 신병교육대대로 세미책이 전파될 것입니다. 그리고 해군과 공군, 해병대의 기초군사교육단까지 세미책이 들어갈 수 있도록 지속적으로 노력할 것입니다.

이 자리를 빌려 저와 뜻을 함께 하시는 많은 세미책 회원님들께 깊이 감사드립니다. 회원님들의 그 마음이, 그 정성이, 그 물질이 분명 세상의 미래를 바꿀 것임을 저는 확신합니다. 어떠한 시련에도 굴하지 않고 그 멋진 길을 담대하게 펼쳐갈 것입니다.

사랑하는 인산편지 가족 여러분!

얼마 전에 저는 시인님을 만났습니다. '금강'의 작가 김홍정 선생님, '동네한바퀴'의 하재일 시인님과 함께 했습니다. 첫 만남이었지만 낯설지 않았습니다. 무엇보다도 따뜻했고, 누구보다도 정겨웠습니다. 그 생각을 하니 시인님이 또 보고 싶습니다. 그립습니다.

어제는 김명리 시인님의 메시지도 받았습니다. 부군께서 조각가이신데 작품전시회를 하고 있으니 시간을 내서 들러달라는 말씀이셨습니다. 갈 겁니다. 휴가를 내서라도 가고 싶습니다. 제가 그립다고 하셨으니 더 찾아 뵈어야겠습니다.

한 분의 시인을 만나는 일은 그리 쉬운 일이 아닙니다. 만나고 싶다고 해서 쉽게 만날 수 있는 일도 아닙니다. 정현종 시인님은 「방문객」이라는 시에서 "사람이 온다는 건 실은 어마어마한 일이다."라고 노래하셨지 않습니까?

방문객 한 사람이 오는 일도 어마어마한 일인데, 한 사람의 시인이 오는 일은 얼마나 더 어마어마한 일이겠습니까? 그의 시어에 담은 세상은 또 얼마나 어마어마하며, 그의 가슴에 품은 사람은 또 얼마나 어마어마하며, 그의 마음에 품은 사랑은 또 얼마나 어마어마하겠습니까?

류지남 시인님의 「등」이라는 시도 참 감명 깊습니다. 일평생 낮은 곳을 바라보며 마음 쓰셨던 시인입니다. 그러니 등을 노래할 수 있는 겁니다. 모든 것이 하나하나 자기의 쓸모 있음을, 자기의 대단함을 뽐내고 자랑할 때에 묵묵히 자기의 역할을 감당하고 있습니다.

정말 그랬습니다. 마주 대면 아랫목처럼 따뜻해지는 곳이었습니다. 그걸 잘 몰랐습니다. 평상시에는 잘 모르다가 혹시 목욕탕에 가서나 깨닫지는 않았을까요?

우리는 얼마나 많은 시간들을 그 누구와 등을 마주 대며 살아왔을까요? 마주 대면 따뜻해진다는 것을 알면서도 혹시 외면하며 살아오지는 않았는지요? 내 몸의 가장 깊고 어두운 곳을 바라보는 시인의 마음으로 오늘을 살아야겠습니다.

이 마음을 담아 오늘 인산이 당신께 묻습니다.
"지금, 당신의 삶에서 가장 깊고 어두운 곳은 어디입니까?"
"지금, 당신의 삶에서 당신의 등과 같은 곳은 또 어디입니까?"

한 주가 시작되는 월요일 아침, 이제 겨우 두 주일만 남은 올 한 해의 세밑에 서서 사유하고 성찰합니다. 이제는 더 이상 외면해선 안 되지 않을까요? 이제는 돌아보아야 하지 않을까요? 이제는 살펴야 하지 않을까요? 바로 당신과 저의 등을 말입니다.

저부터 그러겠습니다. 더 이상 늦추지 않겠습니다. 그리하겠습니다. 연무대에서의 남은 이번 한 주, 저부터 돌아보고, 살피며 살아가겠노라고 오늘 새벽기도 시간에 기도하고 또 기도했습니다. 당신과 제가 그렇게 서로 서로의 등을 외면하지 않고 돌아볼 때 우리가 사는 세상은 더 아름다워질 거라 저는 믿습니다.

행복한 월요일, 행복한 한 주가 되시길 빕니다.

-20181217

◆

지금, 당신은 당신의 두 개의 등불을 켜고 있습니까?

크리스마스가 지났습니다. 우리 인산편지 독자님들께 다시 한 번 '메리 크리스마스!'로 인사드립니다. 크리스마스 휴일 잘 보내셨습니까? 크리스마스를 지내고 나니 올 한 해가 이제 딱 일주일 남았습니다.

하루하루의 삶에 감사하고, 하루하루를 잘 살아야 하는 일이야 우리 인산편지 독자님들께서는 누구보다도 잘 아시겠지만, 다른 하루하루가 아닌 올 한 해를 얼마 남겨 놓지 않은 하루하루이기에 더 소중하게 여기는 일주일이 되어야겠습니다.

지난 편지에서 말씀드린 대로 저는 이사를 했습니다. 정든 땅 논산 연무대를 떠나 계룡대로 왔습니다. 계룡대 안에 있는 영내 관사로 짐을 옮겼습니다. 그리고 지난 이틀 동안 내내 짐을 정리했습니다.

이번에 이사를 하면서도 저는 여전히 짐이 많다는 소리를 들어야 했습니다. 그동안 제 스스로도 '미니멀 라이프'라 하여 줄이는 삶을 말씀드린 적 있습니다만, 그게 쉽지 않은 일입니다.

줄인다 줄인다 해도 잘 줄여지지 않습니다. 특히 책은 더 그렇습니다. 이곳에서도 세미책 운동을 계속 이어나가야 하기에 별도로 책을 옮겼음에도 불구하고 여전히 많았습니다.

최초 계약한 차 두 대로 부족해 긴급하게 한 대가 더 왔습니다.

물론 추가 비용도 더 지불해야 했습니다. 그래서 이삿짐을 정리하는 동안 그동안 정리하지 못했던 짐을 조금 덜어내는 일에 집중했습니다.

이삿짐을 정리하면서 저는 내내 앞으로 인산편지를 어떻게 써 나갈 것인가 구상하면서 시간을 보냈습니다. 이제 앞으로 펼쳐갈 인산편지는 올 한 해의 인산편지와는 조금 다를 겁니다.

무엇보다도 새해부터는 더 깊이가 있고, 더 알찬 내용들을 담을 것입니다. 동서고금을 아우르는 여러 책들을 통해 우리 독자님들의 인문학적 갈망을 채워드릴 수 있도록 노력하겠습니다.

어느 독자님께서 말씀하신 적이 있습니다. 하루에 한 번 인산편지를 정독하면서 인산이 던지는 사유와 성찰의 질문을 생각하면서 사는 게 하루에 책 한 권을 읽는 것과 같다고 말입니다.

늘 생각하지만 그렇게 여겨 주시는 독자님들께서 계시기에 하루도 멈추지 않고 5년 간 인산편지를 써 올 수 있었습니다. 그리고 앞으로도 멈추지 않을 것입니다.

제가 이사온 이곳 계룡대는 계룡산 자락에 자리잡은 곳입니다. 눈을 들면 바로 계룡산의 최고봉인 천황봉을 비롯하여 이어진 준봉들이 보입니다.

자연, 사람, 사랑을 지향하는 인산편지가 오롯이 자연의 품으로 돌아왔습니다. 연무대를 떠난 후 5년 만에 다시 돌아온 계룡대에서의 사유와 성찰을 이 편지에 오롯이 담을 것입니다. 앞으로도 많이 응원해 주시길 빕니다.

사랑하는 인산편지 가족 여러분!

연말연시가 되면 우리는 지나온 자신의 한 해를 되돌아봅니다.

자신의 삶을 되돌아봅니다. 잘 살았는가, 잘 살아왔는가 돌아보고 또 돌아봅니다. 자신을 되돌아본다는 것은 과거를 향한 행위이지만, 더불어 미래를 향한 일입니다.

내게 다시 한 해의 생이 주어진다면 이제 이렇게 살아야겠다는 다짐을 하게 만듭니다. 그러한 돌아봄과 다짐이 없으면 인간으로서 인간다운 삶을 살아가기가 어려울 겁니다.

그래서 한 해 한 해는 마디입니다. 매듭입니다. 그냥 계속 쭉 살아가도 되는 삶, 굳이 우리 삶의 중간 중간에 열두 달마다 마디를 넣어 매듭을 지을 수 있는 때를 주신 것에 감사하고 또 감사합니다.

우리 인산편지 독자님들은 어떻게 올 한 해를 매듭지으시겠습니까?

박노해 시인의 시 「두 개의 등불」은 두 개를 강조합니다. 두 눈, 두 손, 두 발… 당연히 두 개인데 더 강조할 게 있겠습니까? 그거 이외에도 우리에게 두 개인 것이 또 얼마나 더 있는데요.

그런데 저는 지금까지 그 두 개가 다 제 것인 줄 알았습니다. 저를 위해 쓰는 것인 줄만 알았습니다. 그런데 아니었습니다. 저 혼자 잘 먹고 잘 살라고 주신 것이 아님을 깨닫습니다. 남과 더불어 함께 살아가라는 뜻인 줄 압니다.

남을 남이 아닌 나처럼 여기는 삶! 제가 인문학 강의를 할 때마다 늘 강조하는 그것이 바로 우리에게 모든 걸 두 개씩 허락해 주신 하나님의 뜻이었음을 압니다.

날마다 두 개의 등불을 켜는 시인의 마음을 압니다. 켠다는 것은 자발적인 의지를 담은 행위입니다. 아무리 많은 등불이 있어도 켜지 않고 살아가는 사람들이 많습니다. 켜지 않으면 소용이 없는 줄 그 사람들은 모릅니다.

그런 시인의 마음을 담아 오늘 인산이 당신께 묻습니다.
"지금 당신은 당신의 두 개의 등불을 켜고 있습니까?"

당신과 제가 서로 서로 두 개의 등불을 켤 때, 그 두 개의 등불을 자신과 이웃을 향해, 나와 남을 향해 밝혀 비출 때 우리가 사는 이 세상은 조금 더 밝고, 조금 더 아름다워지지 않겠습니까?

-20181226

지금, 당신이 걱정하는 사람은 누구입니까?

이사를 하고 나면 큰 짐들은 대개 하루나 이틀 후면 거의 정리가 되는데, 나머지는 계속 이어집니다. 마음도 그리 급하지 않기도 하거니와 일 자체도 많은 건 사실입니다. 해도 해도 끝이 없다는 생각도 들 정도입니다.

제게 있어 이사의 끝은 단연 '책 정리'라고 할 수 있습니다. 이사 온 지 며칠이 지났음에도 불구하고 아직까지 책 정리가 다 끝나지 않았습니다.

올 한 해 '세미책'을 통해 많은 책을 기증했음에도 불구하고 아직도 책이 많습니다. 별로 자랑할 것은 못 되나 그냥 제 생각으로만 말씀드리면 저는 정말 많은 책을 가지고 있습니다. 이사를 하면서 늘 책 때문에 고생을 할 정도니까요.

정식으로 조사를 한 게 아니기 때문에 일종의 근자감(근거 없는 자신감)일 수 있으나, 제가 생각하기에는 대한민국에서 군 복무를 하고 있는 현역 군인 중에 가장 책이 많은 사람이 아마도 저일 거라고 생각합니다. 최소한 지금까지 35년째 군복을 입고 있으면서 저보다 책이 많은 사람을 본 적도 들은 적도 없으니까요.

사실 책이 많은 것 자체가 그리 자랑할 일은 아니지요. 물리적인 숫자가 뭐 그리 대단하겠습니까? 보유하고 있는 권 수가 중요한 게 아니라 머릿속에 들어있는 것, 마음속에 살아있는 것이 더 중요한 것이지요. 저는 그 점 하나만큼은 분명하게 깨달으며 살고 있는 사람입니다.

제가 가지고 있는 책 중에 제가 제일 아끼는 책이 무엇인지 궁금해 하시는 독자님도 계십니다. 사실 어느 책이라고 딱 한 권 정해서 내놓기는 어렵습니다. 가지고 있는 책 하나 하나가 다 소중하니까요.

그런데 아끼는 책들이 정말 있기는 있습니다. 바로 저자의 친필 서명이 들어가 있는 시집이나 산문집 들입니다. 그런 책들은 별도로 서가를 정해 꽂아 놓습니다. 저를 위한 마음이 그 책 속에 들어 있기에 더 소중한 책들입니다.

김명리 시인님, 문정희 시인님, 성명순 시인님, 권희수 시인님, 곽혜란 시인님, 김연대 시인님, 김영미 시인님, 류지남 시인님, 박재학 시인님, 유기홍 시인님, 이서연 시인님, 정호승 시인님, 하금주 시인님, 이재인 소설가님, 송명화 수필가님, 권대근 수필가님, 이주향 교수님, 박범신 작가님, 이외수 작가님, 이철환 작가님, 황민규 작가님 등등 많은 분들로부터 받은 책들입니다.

저자의 서명이 없지만 제가 아끼는 책이 있다면 도종환 시인님의 『접시꽃 당신』과 기형도 시인의 유고시집 『입 속의 검은 잎』입니다. 기형도 시인님의 시집은 유고시집이니 시인이 세상을 떠난 이후에 발간된 시집입니다.

『접시꽃 당신』은 제가 사관학교 4학년 시절인 년도에 육사 교내에 있는 화랑서적에서 산 책입니다. 실천문학사에서 1987년 8월 30일 발행한 9판을 가지고 있습니다. 선풍적인 인기를 끈 베스트셀러 시집이었습니다.

당시 화랑서적의 주인이신 이경희 여사님은 저를 육사생도 중에서 책을 제일 좋아하고, 제일 많이 사는 생도라고, 육사 44기 중에서는 김인수 생도가 최고라며 늘 아껴주셨습니다.

얼마나 아껴주셨느냐면 4학년 시절 국군의 날 행사 때 서울 시내 한복판에서 퍼레이드를 했는데 이경희 여사님께서 직접 제게 꽃다발을 걸어주기까지 할 정도였습니다. 물론 다른 동기생들의 부러움을 한 몸에 받은 건 당연한 일이었습니다.

그 후로 오래도록 친분을 유지하고 있습니다. 어제는 이 인산편지를 쓰다가 오랜만에 불쑥 전화를 드렸는데도 불구하고 눈물이 나실 정도라고 하면서 정말 반갑게 맞아주셨습니다. 오래도록 통화를 하면서 정을 나누었고, 제가 있는 이곳 계룡대로 조만간 모시기로 말씀드렸습니다.

옥수수잎에 빗방울이 나립니다
오늘도 또 하루를 살았습니다
낙엽이 지고 찬바람이 부는 때까지
우리에게 남아 있는 날들은
참으로 짧습니다
(「접시꽃 당신」 중에서)

견우직녀도 이날만은 만나게 하는 칠석날
나는 당신을 땅에 묻고 돌아오네
안개꽃 몇 송이 함께 묻고 돌아오네
살아 평생 당신께 옷 한 벌 못 해주고
당신 죽어 처음으로 베옷 한 벌 해 입혔네
(「옥수수밭 옆에 당신을 묻고」 중에서)

암 투병 중인 아내를 위한 절절한 그 노래들이 어린 제 마음 속에 파고들었습니다. 시집이 나온 때는 시인님의 아내께서는 하늘나라로 가신 뒤였습니다. 시집의 맨 첫 머리에 "앞서 간 아내 ○○○의 영전에 못 다한 이 말들을 바칩니다."라고 쓰여져 있으니까요.

접시꽃 당신, 옥수수밭 옆에 당신을 묻고, 당신의 무덤가에… 가슴 뜨거운 시들과 시어들이 눈물 되어 가슴 속으로 파고들었던 그 감동이 어쩌면 오늘날 저를 시인으로 이끌었는지도 모릅니다. 그렇게 시집 『접시꽃 당신』은 늘 저의 시적 감성을 채워주었고, 지금까지 30년 넘게 제 책장의 제일 소중한 자리에 놓여 있습니다.

『입 속의 검은 잎』은 문학과지성사에서 발행한 시집입니다. 이 시집의 초판 1쇄가 1989년 5월 30일인데 제가 가지고 있는 책은 2009년 12월 7일에 발행된 재판 43쇄 본입니다. 그러니 얼마나 많은 시집이 세상에 나왔는지 짐작할 수 있습니다.

제가 이 시집을 소중하게 여기는 이유는 시인한테 친필 서명을 받아서도 아니고, 이 시집이 희귀하여 소장 가치가 있어서도 아닙니다. 앞에서도 말씀드렸다시피 43쇄까지 발행했으니 희귀할 리가 만무합니다. 그냥 젊은 나이에 뇌졸중으로 아깝게 세상을 떠난 천재시인이 그리워서 좋아하는 겁니다.

학창 시절부터 두각을 나타낸 천재시인, 시인으로 등단한 지 불과 4년이 지난 젊은 나이 29세에 요절한 비운의 시인, 살아 있을 때는 빛을 보지 못하다가 죽어서 더 많은 이름을 날린 시인, 그런 시인이 바로 기형도 시인입니다.

저는 시인으로 등단하기 전에도 기형도 시인의 시를 가끔 접했고, 그의 시 세계를 잘 알지는 못했지만 조금은 동경을 한 것도 사실입니다. 백석 시인과 같이 말입니다. 지금은 기형도 시인의 시와 소설, 산문 등의 자료를 한데 묶은 『기형도 전집』까지 사서 가지고 있을 정도로 좋아합니다.

이런 책들이 제 곁에 있습니다. 날마다 제 책상 위에서, 제 서재 안에서 저와 함께 살고 있습니다. 아무리 시간이 지나고, 세월이 흘러도 변함없이 자리를 지키면서 저를 온전히 제가 되게 합니다. 인간으로, 인간의 길을 걸어가라며 가르쳐 주고 있습니다.

사랑하는 인산편지 가족 여러분!

기형도 시인의 시 「엄마 걱정」은 그의 시집 『입 속의 검은 잎』의 맨 끝에 실려 있는 시입니다. 시에서도 고백했듯이 시인의 어린 시절, 그 유년의 윗목에 자리잡아 생각할 때마다 눈시울을 뜨겁게 합니다.

엄마 걱정이 어찌 시인만의 걱정이었겠습니까? 어린 시절 가난하고 힘들게 살아왔기에 더 그럴 수도 있었겠지만 어찌 보면 그 시절을 살았던 지금의 50대 중후반의 나이를 먹은 사람들에게는 아마도 시인과 거의 유사한 기억들이 다들 있을 겁니다.

엄마를 기다리면서 숙제를 하고 있는 소년, 그는 자신을 찬밥처럼 방에 담겨있다고 표현하고 있습니다. 얼마나 가슴 아린 표현입니까? 찬밥처럼 방에 담겨서 숙제를 하고 있는 소년의 바람은 오직 하나, 시장에 간 우리 엄마가 오시는 것뿐입니다.

시인의 이 절절한 사모곡은 시인만의 사모곡이 아닙니다. 우리 모두의 사모곡입니다. 사실 인산편지를 쓰기 불과 몇 시간 전 저 역시 엄마가 병원에 입원해 계시다는 전화를 받았습니다. 5년 전에 뇌졸중으로 쓰러져 고생을 하시는 엄마가 또 쓰러지신 겁니다.

상태가 더 안 좋다고 하셔서 걱정이 태산입니다. 당장 휴가를 내서 올라가려고 했으나 주말에 오라고 극구 말리는 바람에 금요일 저녁 일과를 다 마치고 올라가려 합니다. 그래서 지금 기형도 시인의 '엄마 걱정'은 저의 '엄마 걱정'이기도 합니다.

오늘 저는 도종환 시인님의 절절한 사부곡, 기형도 시인님의 절절한 사모곡을 통해 지금 우리 곁에 살아있는 가족, 친구, 동료들의 소중함을 전하려 합니다.

그 마음을 담아 오늘 인산이 당신께 묻습니다.
"지금, 당신이 걱정하는 사람은 누구입니까?"

부디 바라기는 당신이 걱정하는 사람이 많았으면 좋겠습니다. 아파서 걱정, 힘들어서 걱정, 가난해서 걱정, 불쌍해서 걱정이 아니라 그냥 아무 이유 없이 걱정하고 또 걱정했으면 좋겠습니다. 걱정은 사랑이니까요. 걱정은 절절한 사랑 표현이니까요. 당신과 제가 걱정하는 사람들이 많을 때 우리가 사는 이 세상은 더 아름다워질 거라 저는 믿습니다.

-20190103

◆

당신도 누군가에게 비누와 같은 사람이고 싶지 않습니까?

새로운 곳에 오니 새로운 사람을 만납니다. 함께 근무하고 있는 동료들을 포함하여 새로운 관계를 맺어가는 사람들입니다.

직업적 특성상 수시로 자리를 옮겨야 하는 군인들은 많은 사람들을 만나고 헤어집니다. 또 만나고 또 헤어집니다.

관계를 맺어가는 방법이야 사람에 따라서 다 다르겠지만 한 가지 잊지 말아야 할 게 있습니다. 사람은 언젠가는 또 만난다는 사실입니다. '회자정리 거자필반'이라는 법화경에 나오는 말을 듣지 않아도 삶에서 이를 경험하는 것은 그리 어렵지 않습니다. 그래서 우리는 자주 세상은 참 넓고도 좁다고 합니다.

살아가면서 이를 염두에 둔다면 사람을 만나는 것도 중요하지만, 사람과 헤어지는 것도 만나는 것 못지 않게 중요하다는 것을 쉽게 깨달을 수 있습니다.

흔히 백 명의 친구보다 한 명의 적을 만들지 말라고 하는데, 헤어질 때 특히 더 중요한 말입니다. 헤어질 때면 언제 다시 만날까 싶어 상대적으로 소홀하게 되기 때문입니다.

저 역시 마찬가지입니다. 지금까지 오랜 시간 동안 군 생활을 해오면서 많은 사람들과 이런 저런 모습으로 관계를 맺으며 살고 있습니다. 시간이 지나고, 하는 역할이 많아지면서 더 많습니다.

제 성격상 늘 좋은 만남, 좋은 관계를 맺으려 노력합니다. 불편한 관계, 어색한 사이는 제 스스로 만들지 않으려고 합니다. 있을 때도 최선을 다하고 헤어질 때도 많이 아쉬워하면서 헤어집니다.

그러나 사람 사이가 어디 늘 그렇게만 됩니까? 그렇지 않습니다. 내 뜻대로 되지 않는 일들, 내 뜻대로 되지 않는 사람들이 있게 마련입니다. 돌이켜 보면 제게도 그리 유쾌하지 않게 헤어진 사람들이 몇 명 있습니다. 정확하게 말씀드리면 여섯 명입니다.

이 사람들은 늘 제 마음 속에 있습니다. 제가 특별히 잘못한 것도 없는데 마음의 빚으로 남아 있습니다. (저는 잘못이 없다고 생각하는데 그분들은 그렇게 생각하지 않을 수 있습니다.)

그냥 "언젠간 이해할 날이 오겠지"라는 생각을 하면서 살고 있습니다. 다시 회복하고자 억지로 노력하지는 않습니다. 아마도 그분들은 저와의 관계를 끊어도 문제없다고 생각할지도 모를 일입니다.

아무리 좋은 것도 모든 사람이 다 좋아하지는 않고, 아무리 맛있는 음식도 모든 사람이 다 맛있게 먹지는 않음을 저도 알고 있습니다.

새로운 곳에 와서 새롭게 만난 사람들이 있습니다. 업무적으로 알게 된 분들도 많고, 새롭게 인산편지 독자님으로 모신 분들이나 세미책 회원으로 동참하신 분들도 많습니다.

참으로 소중한 분들입니다. 감사한 일입니다. 그래서 지금부터는, 이제부터는 제 마음 속에 불편하게 남아있는 분이 더 이상 없도록 지금보다 더 정성을 다하고, 늘 겸허한 마음으로 대할 것입니다.

새롭게 관계를 맺는 것도 중요하지만, 한 번 맺은 관계를 소중하게 이어가는 것이 더 중요하다는 것을 알고 있기에 늘 행동으로 실천하는 삶이 될 것을 다짐하고 또 다짐합니다.

한 가지 더 말씀드릴 게 있습니다. 인산편지를 새롭게 알게 되고,

독자로 들어오신 분들은 궁금한 점이 많을 것입니다.

새로운 독자님들 중에 한 분이 계십니다. 그분은 인산편지를 알게 되신 이후에 금방 애독자가 되셔서 옛날에 쓴 글까지 일일이 다 찾아가면서 읽으십니다. 그러면서 답장까지 보내주십니다.

인산편지를 왜 쓰는지, 어떻게 쓰는지, 하루 중 언제 쓰는지, 시는 왜 매일 한 편씩 올리는지, 제목은 어떻게 정하는지… 등등 많은 독자님들이 궁금해 하시는 점들은 그동안 인산편지를 통해 다 말씀드렸습니다.

그런데 문제는 그 내용들이 어느 날짜에 보낸 편지에 담겨 있는지 저도 잘 모른다는 사실입니다. 저 역시 지난 편지를 일일이 다시 찾지 않으면 어디에 숨어있는지 모릅니다. 그래서 가끔씩 리바이벌을 합니다. 새로운 독자님들을 위해서 말입니다.

오늘은 한 분의 질문에만 답변 드립니다. 인산편지가 분량도 적지 않고 쓰는 게 쉽지 않을 텐데 무엇이 가장 어렵냐는 질문을 하셨습니다. 바로 답할 수 있습니다. 바로 '제목'입니다. 편지의 제목을 생각하는 데 많은 시간이 걸립니다. 제가 인산편지를 쓰는 시간은 주로 밤 10시부터 새벽 1시 사이입니다. 쓰는데 그냥 쓰지 않습니다. 서재에 있는 책상에 앉자마자 그냥 바로 쓰지 않습니다. 먼저 책을 읽습니다. 이것이 습관이 되어 저는 매일 매일 한 시간 이상 책을 읽습니다. 그리고 나서 제가 속한 문학 밴드 등 SNS 등을 일일이 다 살펴봅니다. 이것도 한 시간 정도 합니다. 그러다가 순간적으로 영감이 떠오르면 그때부터 인산편지를 쓰기 시작합니다.

통상 시를 찾고, 제목을 정하고 나서 편지를 쓰지만 아주 가끔은 편지를 쓰다가 제목을 정하기도 합니다. 제목이 바로 그날 편지의 주제이기 때문에 가장 많이 신경쓰고 있습니다.

매일 보내는 편지의 제목이 다 다르다는 것을, 그 제목이 독자님들에게 묻는 형식이라는 것을, 하루하루 사유하고 성찰하는 화두라는 것을 오래된 인산편지 독자님들은 이제 다 아십니다.

사랑하는 인산편지 가족 여러분!

오늘은 아침 6시에 기독군인연합회 조찬예배가 있습니다. 이곳 계룡대로 와서 처음 갖게 되는 예배입니다. '하나님을 위하여! 나라를 위하여!' 기독군인들이 한 마음으로 기도하는 시간입니다.

오늘 편지를 마치며 저는 임영조 시인님의 「비누」라는 시를 생각해봅니다. 그리고 누군가에게 비누와 같은 사람이 되고 싶다는 고백을 합니다. 그리고 당신께도 이렇게 묻고 싶습니다.

"당신도 누군가에게 비누와 같은 사람이고 싶지 않습니까?"

이 시를 통해 군말 없이 친하고, 더러운 것을 씻어주고, 결코 무엇을 강요하거나 비밀을 발설하지 않는 희한한 성자같은 비누이고 싶다는 시인의 마음을 들여다봅니다. 참으로 귀한 가르침이 아닐 수 없습니다. 저도 만나고 떠나는 수많은 관계 속에서 이제부터라도, 지금부터라도 한 사람 한 사람에게 다 비누 같은 사람이고 싶습니다.

한 가지 더 바람이 있다면 이 빡빡한 세상을 미끄럽게 만드는 비누이고 싶습니다. 당신과 제가 그런 비누일 때, 그런 비누가 될 때 우리가 사는 이 세상이 보다 더 아름답지 않겠습니까?

-20190115

◆

모든 세미책 회원님들께 깊이 감사드립니다

독서의 계절

-육군훈련소 일병 김건우

보슬보슬 내리는 비에
왠지 모르게 숙연해진 나의 마음
책 한 권을 살며시 집어본다

어느새 조용해진 주변
책 속에 깊이 빠져 들어
그간 지내왔던 나의 세월들을
뒤돌아본다

세월은 화살처럼 지나왔지만
나의 젊음의 심장은 여전히 뛰고 있음을
나는 느낀다

좋은 사람을 만나
좋은 사랑을 했으며
좋은 삶을 살고 있는 나의 모습을 발견한다

책은 나를 되돌아보게 하며
왠지 모르게 허전해진 나의 마음을
따뜻함과 든든함으로 채워준다

이 녀석, 참 매력있다

여전히 쌀쌀해진, 아니 어제보다 더 쌀쌀해진 날이지만 마음은 상쾌합니다. 이 아름다운 가을, 이 좋은 하루를 허락하신 하나님께 감사합니다.

오늘 인산편지는 특별한 사연을 소개하는 자리로 대신합니다. 어제 세미책 5호 기증식 자리에서 저는 감동의 편지를 받았습니다. 우리 훈련병 아들들이 제게 전하는 감사의 편지였습니다.

깊은 밤에 서재에 앉아 우리 아들들이 쓴 편지를 읽고 또 읽었습니다. 행복했습니다. 이 세상 어느 아빠가 이렇게 많은 아들들로부터 편지를 받을 수 있겠습니까? 그중 한 편지를 소개하고자 합니다.

편지를 쓴 아들은 육군훈련소 25교육연대 6중대 공진용 훈련병입니다. 장래 희망을 물어보니 자신있게 작가라고 합니다. 그래서 그런지 편지 쓰는 실력이 수준급입니다. 우리 아들이 보낸 편지의 세계로 독자님들을 모십니다.

참모장님께 전하는 감사의 편지
-공진용

25연대 6중대에 와서 제가 들은 말들이 있습니다. "밖에서는 안 읽는데 여기 오니까 책을 많이 읽게 된다.", "이 책 재미있어. 읽어 봐라.", "이 작가는 16살 때 이 책을 썼대.", "밖에 나가면 더 책을 읽어야겠다."

그런 말들을 들으며, 그 책들이 제 책들도 아닌데 뿌듯함을 느꼈습니다. 책을 사랑하는 사람들이 많아지고 있습니다. 제가 25연대 6중대에 와서 느꼈던 가장 큰 행복 중 하나는 서고 빽빽이 채워진 장서들이었습니다.

제41회 이상문학상부터 장 그로니에의 단편집 신경숙의 초창기 소설, 최근 영화화된 일본 소설, 허황된 소리만 하지 않는 자기계발서들, 쉽게 써진 과학잡지, 각양 각색의 베스트셀러들이었습니다.

오히려 서점에 베스트셀러라고 분류되는, 표지만 예쁜 책보다 더 우리의 삶과 연관된 감동적이고 깊이 있는 책들이 많이 있었습니다.

사실 우리는 항상 시간에 쫓겨 살아갑니다. 더 파격적인 유희를 즐겨야 하며, 더 쉽게 정보를 접해야 합니다. 결과, 터질 듯 불어난 풍선처럼 방대해진 정보량은, 우리가 길을 잃게 만들고, 모두 인터넷의 진정성 없는 문장들과 선동하는 글들에 쉽게 주목합니다. 그런 시대가 돼버렸습니다.

그렇기에 저는 우리가 더 많은 책을 읽어야 한다고 생각합니다. 우리는 책을 읽음으로써 무엇이 옳고 무엇이 그른지를 심도 있게 궁리할 수 있게 되며, 깊이가 있기에 더 잔잔한, 평온한 지혜를 얻을 수 있고, 때로는 등장인물의 기분을 생각하며 감정의 영역을 넓힐 수 있습니다.

저희 중대에 책을 선물해 주시는 참모장님께 진심으로 감사드립니다. 참된 가르침이란 먹이를 주어 배를 채우는 일이 아니라, 먹이 잡는 법을 알려주는 것이라는 말을 들은 적 있습니다.

참모장님의 선견지명은 저희가 책의 즐거움을 접하게 만들어 줄 것이고, 그건 6중대 훈련병들의 세상을 넓히는 일이 될 것입니다.

저는 25연대 6중대에서 제가 읽은 책들이 제 미래에 대단히 긍정적인 영향을 끼칠 것이라는 것을 자신할 수 있습니다. 그리고 아마 이번 책 기증으로 더 많은 훈련병들이 저와 같은 기분을 느낄 것입니다.

단어가 모여들어 문장이 되고, 문장을 모은다면 문단이 됩니다. 문단을 엮는다면 비로소 한 권의 책이 됩니다. 사실 그건 정말 기적 같은 일입니다. 그리고 우리는 그 기적을 쉽게 볼 수 있습니다.

참모장님! 기적을 만들어 주셔서 감사합니다. 25연대 6중대를 대표해 참모장님게 감사 편지를 올리는 분에 넘치는 영광을 주셔서 감사합니다. 꽃의 향이 백 리를 가면, 사람은 향은 천 리를 가고, 책의 향은 만 리를 갑니다. 감사합니다.

오늘의 인산편지를 마칩니다. 무엇보다도 모든 세미책 회원님들께 깊이 감사드립니다. 저는 그저 심부름꾼일 뿐입니다. 모든 공은 다 우리 세미책 회원님들께 있음을 고백합니다.

그리고 말입니다. 부디 바라기는 시와 글을 통해 전해지는 이 훈련병 아들들의 마음이 오래 오래 저와 당신의 마음 속에 남아있길, 우리들의 마음 속에서 살아 숨쉬길 소망합니다.

-20181030

◆

오늘은 육군훈련소 창설 제67주년 기념일입니다

11월의 첫 날이 밝았습니다. 오늘은 제게 있어, 저와 함께 근무하고 있는 동료들에게 있어 아주 뜻 깊은 날입니다.

11월 1일, 오늘은 육군훈련소 창설기념일입니다. 1951년 11월 1일, 6.25 전쟁이 한창인 때, 부족한 전투병을 보충하기 위해 이곳 논산에서 창설된 육군훈련소가 오늘로서 창설 제 67주년을 맞습니다.

잠시 육군훈련소의 역사를 소개하고자 합니다. 처음에는 육군 제2훈련소로 창설되었습니다. 6.25전쟁이 발발한 후 대구, 부산, 제주도에 각각 창설된 1, 3, 5훈련소가 제주도에 있는 훈련소로 통합되면서 제1훈련소가 되었고, 논산에 새로 창설된 훈련소는 자동적으로 제2훈련소가 되었습니다.

창설 초기에 이승만 대통령님께서 세 번이나 육군훈련소를 방문하셨습니다. 무예를 연마하는 곳이라는 뜻이 담긴 '연무대'라는 명칭도 하사하셨습니다. 부대가 창설된 이 지역의 행정구역 명칭도 '연무대' 명칭을 빌려 '연무'라고 했을 정도입니다.

6.25전쟁이 끝난 후 1955년에는 제1훈련소가 해체되어 제2훈련소만 남아 정병육성의 임무를 수행하다가 1999년에 육군 제2훈련소를 육군훈련소로 명칭을 바꾸고 지금에 이르고 있습니다.

창설 이후 이곳 육군훈련소를 거쳐간 젊은이들은 여군 포함하여 모두 889만 명에 이릅니다. 지금도 한 해에 10만 명이 넘는 훈련병들이 기초군사훈련을 받고 있는 세계 최대의 신병교육기관입니다.

잘 아시다시피, 육군훈련소는 대한민국 예비역들의 고향입니다. 자나 깨나 잊지 못할 곳입니다. 수많은 추억들이 스며 있는 곳입니다. 물론 때론 안 좋은 기억들도 많이 가지고 계실 겁니다.

무엇보다도 육군훈련소는 '대군신뢰의 최전선'입니다. 일주일에 수천 명의 훈련병들이 입대를 하고, 이들과 함께 수많은 부모님들이 이곳을 찾아 주십니다. 물론 대부분 군대라는 곳에 처음으로 오시는 분들입니다.

그러니 육군훈련소의 첫 이미지가 그대로 대한민국 육군의 이미지가 되고, 대한민국 군대의 이미지가 됩니다. 국가방위의 중심군, 무적의 전사공동체로서의 육군의 이미지가 육군훈련소에 달려 있다고 해도 과언이 아닙니다.

특히, 이 연무대 땅이 중요한 건 이 땅에는 이곳을 거쳐간 수많은 젊은이들의 땀과 눈물이 알알이 박혀 있다는 것입니다. 어디 그것뿐이겠습니까? 이곳을 찾으신 수많은 부모님들의 애끓는 눈물이 알알이 스며있습니다.

이 세상 어느 땅에 이토록 많은 땀과 눈물이 스며 있겠습니까? 강남역입니까? 아니면 명동입니까? 신촌이나 홍대입구입니까? 아닙니다. 오직 이 곳밖에는 없습니다. 이 연무대밖에는 그런 땅이 없습니다.

우리 인산편지 독자님들, 세미책 회원님들께서 육군훈련소 창설 67주년 기념일을 많이 많이 축하해 주시기 바랍니다. 그 축하와 성원에 힘입어 정병육성에 더욱 더 최선을 다하겠습니다.

이곳 연무대를 찾은 우리 멋진 아들들을 한 명 한 명 그 누구보다도 소중하게 여기며, 그들의 젊음이 더욱 빛나도록, 그들의 헌신이 더욱 귀하도록 최선을 다해 지도하고 보살필 것을 국민들께, 부모님들께 약속드립니다.

아울러 군 생활의 첫 시작을 '세미책'과 함께 함으로 아들들이 자기 자신을 변화시키고, 자기 자신의 미래를 바꾸고, 대한민국 군대와 대한민국의 미래를 바꿀 수 있도록 하겠습니다.

그리고 나아가서는 세상의 미래를 바꿀 수 있는 지혜와 명철, 힘과 용기를 세미책을 통해 마음껏 함양할 수 있도록 저의 모든 것을 다 바칠 것을 힘주어 말씀드립니다.

사랑하는 인산편지 가족 여러분!

어제는 종합훈련을 하고 있는 한 교육대를 방문했습니다. 마침 29교육연대 8중대 훈련병 아들들이 훈련을 막 시작하려고 앉아있었습니다.

잠시 격려를 한다고 마이크를 잡았는데 본의 아니게 즉석 강의가 되었습니다. 명찰에 있는 우리 아들들 이름을 불러가며 대화를 나누었습니다. 무엇보다도 5주 동안 이곳에 있으면서 책을 몇 권 읽었는지 물어보았습니다.

김동욱 훈련병은 다섯 권을 읽었다고 자신있게 말했습니다. 일주일에 한 권, 저는 정말 흐뭇했습니다. 밖에 있는 사람들도 일주일에 책 한 권 읽는 일이 결코 쉽지 않은데 훈련을 받으러 온 훈련병이 일주일에 책을 한 권 읽다니요? 정말 놀랄 일이 아닐 수 없습니다.

그런데 말입니다. 지금 연무대에서는 현실로 나타나고 있습니다. 제 생각과 의도를 아는 연대장, 교육대장, 중대장, 소대장들이 앞다투어 책을 읽을 수 있는 환경을 마련해 주고, 시간을 주고 있습니다.

불필요한 일, 안 해도 되는 일, 쓸데없이 귀찮게 했던 일들을 과감하게 다 줄이고 오직 훈련과 독서에만 집중하고 있습니다. 저는 자신합니다. 지금 육군훈련소의 모습이 지난 67년 역사 이래로 가장 멋진 모습, 가장 훌륭한 모습이라고 자부할 수 있습니다.

참으로 외람되지만 부모님들도 쉽게 하지 못한 일입니다. 선생님들도 어려웠던 일입니다. 그것을 대한민국 육군훈련소가 하고 있습니다. 정병육성은 기본으로 하면서 우리 아들들이 세상의 미래를 바꿀 책 읽기를 시작하고 있습니다.

깊어가는 가을에 누구보다도 제 마음이 깊어가고 있습니다. 한없이 깊어가고 있습니다. 그리고 대한민국 육군훈련소가 깊어가고 있습니다. 세미책과 함께 깊어가고 있습니다.

그 끝에는 조국 대한민국과 대한민국 육군, 그리고 사랑하는 육군훈련소를 향한 마음이 있습니다. 이 시대에 제게 주어진 사명을 한 시도 잊지 않고 더욱 더 정진할 것을 다짐합니다. 대한민국 육군훈련소가 지난 67년을 넘어 앞으로의 67년, 아니 그 이후까지도 나라와 국민이 부여하신 귀한 사명을 충실히 감당해 나가리라 확신합니다.

깊어가는 가을에 당신의 마음도 더욱 더욱 깊어지시길 두 손 모아 소망합니다.

-20181101

6년간 매일 독자와 함께 해 온 사유와 성찰의 인산편지

지금, 당신이 행복해야 할 이유

초판 1쇄 발행일 2019년 5월 1일
초판 2쇄 발행일 2019년 5월 20일
초판 3쇄 발행일 2019년 6월 5일

지은이 김인수
펴낸이 곽혜란
편집장 김명희

도서출판 문학바탕

주소 (06148) 서울시 강남구 테헤란로 51길 23 금영빌딩 5층
전화 02)420-6791
팩스 02)420-6795

출판등록 2004년 6월 1일 제 2-3991호

ISBN 979-11-86418-36-9 03810
정가 15,000원

* 이 책은 국립중앙도서관, 국회도서관 홈페이지에서 검색 가능합니다.

* 문학바탕, 필미디어는 (주)미디어바탕의 출판브랜드입니다.

이 도서의 국립중앙도서관 출판예정도서목록(CIP)은 서지정보유통지원시스템 홈페이지(http://seoji.nl.go.kr)와 국가자료종합목록시스템(http://www.nl.go.kr/kolisnet)에서 이용하실 수 있습니다. (CIP제어번호 : CIP2019015277)